겨레의
운명이
바람 앞에
등불이라

국어시간에

겨레의 운명이
바람 앞에 등불이라

초판 1쇄 펴낸날 · 2014년 12월 25일
초판 3쇄 펴낸날 · 2018년 1월 22일

풀어쓴이 · 장주식 | 그린이 · 한동훈
기획 · 〈국어시간에 고전읽기〉 기획위원회, (주)간텍스트
펴낸이 · 김종필 | 편집장 · 나익수

디자인 · (주)간텍스트 | 아트디렉터 · 조주연, 남정 | 디자이너 · 박경완, 홍지혜 | BI 디자인 · 김형건

인쇄 · 제작 | 공간
출고 · 반품 | (주)문화유통북스 박병례, 윤영매, 임금순
종이 | (주)한솔PNS 강승우

펴낸곳 · 도서출판 나라말
출판등록 · 제25100-2017-000044호
주소 · 03421 서울시 은평구 역촌동 83-25 정라실크텔 603호
전화 · 02-332-1446 | 전송 · 0303-0943-3110
전자우편 · naramalbooks@hanmail.net

값 · 13,000원
ISBN 978-89-97981-16-8 44810
     978-89-97981-00-7 (세트)

✽이 도서의 국립중앙도서관 출판예정도서목록(CIP)은 서지정보유통지원시스템 홈페이지(http://seoji.nl.go.kr)와
  국가자료공동목록시스템(http://www.nl.go.kr/kolisnet)에서 이용하실 수 있습니다.
  (CIP제어번호 : CIP2014037077)
✽이 책에 실린 사진 자료 가운데 저작권자를 찾지 못해 허락 없이 실은 것이 있습니다. 해당 자료의 저작권자를 찾는 데
  도움을 주실 분은 '도서출판 나라말'로 연락해 주십시오.
✽잘못된 책은 바꾸어 드립니다.

고전읽기 016 _ 임진록

겨레의 운명이 바람 앞에 등불이라

장주식 풀어씀 ― 한동훈 그림

나라말

〈국어시간에 고전읽기〉를 펴내며

『춘향전』은 '어사출두요!' 하는 장면. 『구운몽』은 성진이 꿈에서 깨어나는 장면.

거기서 끝이 나 버린다. 교과서는 지면의 한계가 있고 수업은 진도에 쫓기다 보니 국어 시간에 읽는 고전은 그렇게 끝나 버리는 경우가 많았다. 춘향이를 보고 첫눈에 반한 이몽룡이 얼마나 안절부절못했는지, 한양으로 떠나는 이몽룡을 붙들고 춘향이가 얼마나 서럽게 울었는지 모른 채 『춘향전』의 주제는 '신분을 초월한 사랑을 통해 드러나는 인간 해방 사상'이라고 가르치고 배웠다. 내가 성진이 되어 양소유로 환생한다면 어떤 근사한 삶을 살아 보고 싶은지 상상의 나래를 펼쳐 볼 기회도 없이 『구운몽』은 '몽유 구조라는 전통적인 액자 형식'으로 되어 있다고 가르치고 배웠다.

이제는 국어 시간에 제대로 고전을 읽어 볼 수 있었으면 좋겠다. 제대로 읽으려면 어떻게 해야 할까? 낯설고 어려운 옛말을 현대어로 풀이하고 밑줄을 그으며 분석하는 데만 골몰할 것이 아니라, 먼저 이야기 자체에 푹 빠져 보는 것이다. 고전은 오랫동안 많은 사람들에게 감명을 주며 오늘날까지 전해져 온 유산이기에 시간과 공간을 초월하여 즐거움과 깨달음을 전해 주는 보편성을 가지고 있다. 한편으로는 오늘날의 삶이 아닌 과거의 삶에서 피어난 이야기이기에 현대인이 경험해 보지 못한 새로운 세계를 펼쳐 보여 주는 특수성도 가지고 있다. 그러므로 고전은 어렵고 낯설고 지루한 것이 아니라, 즐겁고 신선하고 지혜로 가득 찬 것이라 할 수 있다.

대문호 셰익스피어의 작품들은 영국의 고전을 넘어서서 세계의 고전으로 칭송받고 있다. 영국에서는 그런 셰익스피어의 작품들이 널리 읽힐 수 있도록 옛말로 쓰인 원작을 청소년들이 읽을 수 있는 쉬운 현대어로, 어린아이도 읽을 수 있는 아주 쉬운 동화로 거듭 번역해서 내놓는다. 그리하여 셰익스피어의 작품들은 책이나 연극으로는 물론 만화로도, 영화로도, 드라마로도 계속해서 다시 태어나고 있다.

그런 희망을 담아 〈국어시간에 고전읽기〉를 펴낸다. 우리 고전을 사랑하는 사람들의 손을 거쳐 벌써 여러 작품이 새롭게 태어났다. 고전의 품위를 훼손하지 않으면서도 청소년들이 어렵지 않게 이해할 수 있는 말을 골라 옮겼고, 딱딱한 고전이 아니라 한 편의 아름다운 이야기로 독자들에게 다가가기 위해 새로운 제목을 붙였으며, 그 속에 녹아 있는 감성을 한층 더 생생하게 전할 수 있도록 정성스러운 그림들로 곱게 꾸몄다. 또한 고전의 세계를 여행하는 데 도움을 줄 '이야기 속 이야기'도 덧붙였다.

〈국어시간에 고전읽기〉와 함께 국어 시간이 고전의 바다에 풍덩 빠져 진주를 건져 올리는 시간이 되기를 바란다.

〈국어시간에 고전읽기〉 기획위원회

『임진록』을 읽기 전에

　「임진록」은 꽤 특이한 작품입니다. 보통 우리가 알고 있는 고전소설 속 주인공들은 대부분 작가가 머릿속으로 꾸며 낸 인물입니다. 하지만 「임진록」에 나오는 주인공들은 대부분 실존 인물입니다. 권율, 이순신, 유성룡, 김덕령, 김응서, 논개 등등. 이들은 모두 역사에 실존했던 인물들입니다. 눈치 빠른 독자라면 이 사람들의 이름만 보고도 「임진록」이 어떤 내용일지 벌써 알아챘을 것 같습니다.

　맞습니다. 「임진록」은 임진왜란을 배경으로, 일본의 침략에 맞서 조선을 지킨 수많은 영웅들의 활약을 그리고 있습니다. 보통 「임진록」처럼 주인공의 군사적 활약상을 주요 내용으로 하는 소설을 통틀어 '군담(軍談)소설'이라 합니다. 실재했던 전쟁을 소재로 하면 '역사군담소설'이라 하고, 「유충렬전」이나 「조웅전」처럼 허구적인 전쟁을 소재로 하면 '창작군담소설'이라 합니다. 당연히 「임진록」은 역사군담소설이겠지요.

　「임진록」이 임진왜란을 배경으로 실존 인물들이 주인공으로 나오다 보니, 「임진록」 속 이야기도 역사책처럼 딱딱하지 않을까 지레짐작하는 사람이 있을 것 같습니다. 하지만 그렇지 않습니다. 「임진록」은 다른 여러 고전소설들처럼 이본(문학 작품에서 기본적인 내용은 같으면서도 부분적으로 차이가 있는 책)이 상당히 많은데요, 이본이 많다는 것은 그만큼 이 작품이 독자들의 관심과 사랑을 받았다는 것을 뜻합니다.

「임진록」은 실재했던 전쟁을 배경으로 삼고 있는 만큼 이본을 분류하는 기준도 좀 특이합니다. 크게 세 가지 계열로 구분하는데요, 하나는 역사적 사실에 충실하게 이야기를 풀어 가는 계열이고, 또 하나는 실존 인물들보다는 최일영이나 관운장 같은 가상의 인물을 내세워 이야기를 풀어가는 계열입니다. 하지만 독자 입장에서는 너무 역사적 사실에 충실한 것도, 그렇다고 실존 인물들보다 가상의 인물을 앞세우는 것도 재미가 떨어진다고 생각했던 것인지, 우리 선조들은 역사적 사실과 허구적 내용을 적절하게 결합해 흥미를 높인 세 번째 계열의 이본을 만들어 냈습니다. 이 책이 바로 세 번째 계열의 작품입니다. 물론 역사적 사실과 허구적 내용이 결합했다고 해서 임진왜란이라는 역사적 사건의 결말까지 바뀌는 것은 아니랍니다.

자, 여기까지 알았으니, 우리 한번 생각해 볼까요? 우리는 이미 임진왜란의 결과를 알고 있습니다. 당시 사람들도 물론 알고 있었을 테고요. 그러니 임진왜란의 결과가 궁금해서 이 작품을 읽는 독자는 없을 것입니다. 그렇다면 이미 결말이 다 알려진 이야기를 우리 선조들은 왜 만들었으며, 왜 그토록 많은 사람들이 읽은 것일까요? 이 작품의 어떤 부분이 독자들의 마음을 사로잡은 것일까요? 아마 이 책을 다 읽고 나면 여러분도 분명히 알 수 있을 거예요.

2014년 12월
장주식

9

이야기 차례

●●● 〈국어시간에 고전읽기〉에는 이야기의 재미와 이해를 돕기 위한
'이야기 속 이야기'가 함께합니다.

적이 감히 전라도와 충청도를 침범하지 못한 것은
우리 수군이 요해처를 지킨 결과입니다.

이제 신이 전선 육십 척을 거느리고 나아가

죽기를 각오하고 싸우면

가히 승리할 수 있을 것입니다.

신이 죽기 전에는
도적이 감히 조선을 업신여기지 못하리이다.

평수길의 넘치는 욕심

동남쪽 바다 가운데 한 나라가 있으니 이름은 일본이라. 조선국 동래 부산에서 바닷길로 사백오십 리가 된다. 옛사람이 말하길, 중국 진시황 시절에 서복이 동남동녀를 데리고 불사약을 구하러 삼신산으로 갔다가 찾지 못하고 바다 가운데 한 섬에 살게 되었는데, 섬에 머물러 살며 자손을 낳아 인물이 번성하니, 나라를 세우고 이름을 '왜(倭)'라 하였다 한다. 왜가 바로 일본이다.

명나라 세종 황제 때, 중국 청주 땅에 한 사람이 있으니 이름은 박수평이었다. 왜인이 강남을 침범하여 청주 땅에 이르니, 수평이 난리 중에 죽고, 그의 아내 진씨는 왜인한테 잡혀 살마주 땅에 사는 평신의 아내가 되었다. 본래 진씨의 배 속에는 석 달 된 아이가 있었는데, 평신의 아내가 되고 다시 열 달 만에 아들을 낳으니 무려 열세 달 만이었다.

　아이의 생김새가 예사롭지 않으니, 평신이 크게 기뻐하여 이름을 '수길'
이라 하였다. 평수길이 점점 자라 열일곱이 되니, 기골이 장대하고 힘과
지혜가 뛰어났다. 하루는 수길이 생각하되,

　'내 일본 땅 곳곳을 빠짐없이 구경하리라.'
하더라. 곧바로 집을 떠나 산천을 구경 다니다 다시 살마주 땅에 이르러
여관을 찾아 쉬고 있는데, 이때 살마주 관원이 여행을 다녀오다가 수길의
모습이 비범한 것을 보고, 즉시 수길을 불러 물었다.

　"너는 어디 사는 누구냐?"

　"나는 살마주 땅에 사는 평신의 아들 수길이로소이다."

　"나는 이 살마주의 관원이다. 내 일찍이 자식이 없어 근심이 컸는데, 오
늘 너를 만나다니 하늘이 돕는구나. 너는 나와 부자의 의를 맺어 나의 벼
슬을 이어받고, 이 나라의 병권을 다스려 보면 어떻겠느냐?"

　수길이 엎드려 절을 하며 말하였다.

　"미천한 저를 이렇듯 사랑해 주시니, 그 은혜 백골난망이라. 어찌 가르
침을 받들지 않겠나이까."

　관원이 크게 기뻐하며, 즉시 수길을 데리고 성으로 돌아와 옷을 갈아입

※ 서복(徐福) ― 중국의 진시황 때 신선술을 연구한 사람.
※ 동남동녀(童男童女) ― 아직 시집 장가를 가지 않은 어린 사내아이와 여자아이.
※ 평수길(平秀吉) ― 임진왜란을 일으킨 풍신수길(豊臣秀吉, 도요토미 히데요시)을 말함.
※ 백골난망(白骨難忘) ― 죽어서 백골이 되어도 잊을 수 없다는 뜻으로, 남에게 큰 은덕을 입었
을 때 고마움의 뜻으로 이르는 말.

히고, 맛난 음식을 권하며 세상사를 의논하니, 수길의 생각이 물 흐르듯 막힘이 없었다. 관원이 기특히 여겨 수길을 대장군으로 삼으니, 이제 수길이 스스로 생각하되,

'이 나라에 나의 슬기와 계략을 당할 자가 없으리라.'

하더라. 수길의 기세가 이러하므로 군사를 몰아 쳐들어가지 않아도 모두들 무릎을 꿇었다. 마침내 수길이 일본 육십일 주를 통일하니, 그 위엄이 온 세상에 진동하였다. 일본 천하를 손아귀에 움켜쥔 수길은 드디어 왜왕

을 폐하고 스스로 왕이 되었다. 수길이 마음이 교만해져서 말하길,

"내 어찌 조그마한 나라에 앉아 늙어 죽으리오."

하고는, 하루는 여러 신하들을 모아 놓고 의논하였다.

"조선을 치고 명나라까지 통합하고자 하니, 경들은 어떻게 생각하느뇨?"

산동태수 청세가 대뜸 나서서 대답하였다.

"조선을 치고자 한다면 마땅히 지혜와 용기를 갖춘 사람을 가려 뽑아 조선에 보내야 합니다. 그리하여 조선의 형세를 살피고, 조선의 산천을 답사하여 진 칠 곳을 살핀 뒤에 군사를 움직임이 마땅할까 하나이다."

수길이 듣고는 크게 기뻐하며 사람들을 돌아보고 말하였다.

"누가 조선에 나가 큰일을 해내겠는가?"

말이 끝나기도 전에 여덟 장수가 내달으니, 평조임, 평조신, 평조강, 안국사, 선강정, 평의지, 경감로와 승려인 현소였다. 여덟 장수가 한목소리로 외치길,

"목숨을 걸고 임무를 완수하겠나이다."

하니, 수길이 크게 기뻐하며 각각 은자 삼백 냥씩을 주어 격려하더라.

여덟 장수는 곧바로 짐을 꾸려 조선으로 떠났다. 부산에 이르러 옷을 갈아입는데, 도사도 되고 장사꾼도 되고 선비도 되었다. 서로 헤어질 때 의논하기를,

"조선은 팔도이니, 우리가 한 도씩 맡아서 형세를 살펴보되, 삼 년 뒤 오늘 도로 부산으로 모이자."

하고, 저마다 흩어지더라.

이때, 조선은 일본의 이런 낌새를 전혀 눈치채지 못하고 있었다. 다만

양반은 벼슬자리를 탐내고 백성들은 재물이나 욕심낼 뿐, 한 사람도 나라를 위해 진정으로 충성할 사람이 없었다.

사람은 몰랐으나, 산천은 알고 있었다. 죽산 땅 태평원 뒤에서는 큰 돌이 저절로 일어서고, 통진 땅에서는 누운 나무가 일어섰다. 장수산 한 봉우리에는 신선이 내려와 날마다 크게 울부짖었고, 무지개가 해를 꿰뚫는가 하면 북두칠성이 낮에 나타나기도 하였다. 경상도 달성에서는 태음강이 스스로 마르고, 동해의 고기가 서해에서 잡히고, 황해도의 강물이 핏빛이 되어 끓고, 물고기들이 떼로 죽어 물 위에 떠올랐다.

온갖 재난이 첩첩이 쌓이니, 대간 조헌이 임금께 글을 올렸다.

신이 비록 지식이 짧고 얕으나 그간 천문을 살펴본즉, 여러 재앙이 나타나 민심이 흉흉하고 윤리와 기강이 날로 해이해지고 있사옵니다. 머지않아 변란이 있을까 하오니, 전하께서는 각별히 살피시어 뜻밖의 재난에 대비하소서.

그러자 조정 대신들이 조헌의 글을 보고 임금께 아뢰어 청하길,

"이런 태평성대에 조헌이 요사스런 말을 지어내 민심을 혼란케 하오니, 그 죄가 무겁습니다. 조헌을 멀리 귀양 보내소서."

하니, 선조 임금이 듣고 옳다 여겨 조헌을 도성에서 천 리나 떨어진 갑산

※ 대간(臺諫) ― 관료를 감찰 탄핵하는 임무를 가진 '대관(臺官)'과 임금에게 건의하는 임무를 가진 '간관(諫官)'을 합쳐 부르는 말.
※ 도성(都城) ― 서울. 임금이 있던 도읍지가 성으로 이루어져 있었다는 데서 나온 말.

으로 귀양 보내더라.

　왜국의 여덟 장수가 조선 팔도의 산천과 인물, 한양의 대궐 일까지 낱낱이 찾아 알아낸 뒤, 일본으로 들어가 수길에게 조선 지도를 드리니, 수길이 크게 기뻐하며 여덟 장수에게 큰 상을 내리더라.

　수길은 평조신과 승려 현소로 하여금 국서를 가지고 조선에 사신으로 가게 하였다. 국서에 쓰인 글은 이러하였다.

　조선국은 우리 일본과 경계가 맞닿아 있다. 그런데도 서로 교류가 없으니 이는 그른 일이고, 또 우리로 하여금 중국과 통하지 못하게 하니 더욱 잘못되었다. 이제 조선과 일본이 서로 화친하고 일본 사신이 중국과 통하게 하라. 만약 그렇지 않으면 조선이 먼저 큰 화를 당하리라.

　선조 임금이 국서를 보고 크게 근심하여 신하들을 모아 놓고 의논하는데, 유성룡이 말하길,

　"마땅히 사신을 보내어 회답하고, 또한 저들의 동정을 염탐하는 것이 좋을 듯하옵니다."

하니, 조정에서 그 제안을 받아들여, 황윤길과 김성일을 상사와 부사로 삼고, 허성을 서장관으로 삼아 경인년(1590년) 삼월에 통신사를 보냈다.

　통신사가 평조신과 함께 부산에서 배를 타고 대마도에 도착해 잔치를

※ 화친(和親)하다 ─ 나라와 나라 사이에 다툼 없이 가까이 지내다.
※ 동정(動靜) ─ 일이나 현상이 벌어지고 있는 낌새.
※ 통신사(通信使) ─ 조선 시대에, 일본으로 보내던 사신.

치를 때였다. 평조신이 가마를 타고 안마당까지 들어오자 김성일이 크게 화를 내어 말하길,

"대마도주는 우리 조선에 조공을 바치던 사람이다. 우리는 왕명을 받아 왔거늘, 어찌 이리 무례하단 말인가."

하고, 즉시 일어나 나오니, 황윤길과 허성이 또한 따라 나왔다. 그러자 평조신이 칼을 뽑아 가마꾼에게 죄를 미루며 그 머리를 베어 사과하고, 이때부터 정성껏 대접하더라.

대마도를 떠나 여러 날 만에 일본의 서울에 들어가 드디어 수길을 만났다. 수길은 통신사의 절을 받고 나서 이렇게 말하였다.

"너의 국왕이 길을 빌려주지 않아 우리 사신이 중국과 통하지 못하게 하니, 이는 우리를 업신여기는 것이다. 이제 만일 길을 열어 주면 무사하겠지만, 그렇지 않으면 조선이 큰 화를 당하리라."

수길은 사신을 대접하는 것 또한 소홀하기 짝이 없었다. 맛없는 술 몇 잔과 비린내 나는 생선 몇 점으로 밥을 먹게 하고, 돌아오는 날에는 겨우 은자 백 냥을 노자에 보태라고 주었을 뿐이었다. 국서 또한 교만하기 짝이 없으니, 김성일이 받지 아니하고, 여러 차례 왕복하여 글을 고친 후 비로소 돌아오더라. 선조 임금이 왜국의 동정을 묻자, 윤길이 대답하길,

"신은 침략의 움직임을 보지 못하였나이다."

하니, 조정에서는 윤길의 말이 옳다, 아니다 하며 의논이 분분하였다.

이때, 왜장 평조신과 현소는 회답을 기다리며 동래의 동평관에 머물고 있었다. 조정에서는 황윤길과 김성일을 보내 현소 등을 위로하고, 이들의 동정을 살피게 하였다. 성일 등이 동평관에 이르러 현소 등을 찾아 위로

하였다. 그 자리에서 현소가 말하였다.

"일본이 중국과 교류하지 못하므로 우리 전하가 분노하고 있소. 그러니 조선이 먼저 중국에 알려 우리 일본이 중국과 통하게 한다면, 조선은 끔찍한 화를 면할 뿐 아니라, 일본도 전쟁을 피할 수 있으니 좋지 않겠소."

성일 등이 명나라와 조선의 특별한 관계를 들어 알아듣도록 잘 타일렀으나, 현소는 답답하다는 듯 말하길,

"옛날에 고려가 원나라 군사를 안내하여 일본을 친 적이 있어 이러는 것이외다."

하고는 돌아가 버렸다.

신묘년(1591년) 봄에 평조신이 다시 부산에 와서 한 장수에게 말하길,

"일본이 명나라와 통하고자 하는데, 조선이 이를 명나라에 알리지 아니하니, 두 나라가 이 때문에 큰 화가 생길 것이오."

하니, 그 장수가 듣고 급히 조정에 보고하였다. 하지만 조정에서는 평수길의 글이 무례하고 거만하다며 끝내 회답하지 아니하였다. 평조신은 배를 바닷가에 매고 십여 일을 기다리다가 가슴에 불만만 가득 품은 채 일본으로 돌아가 버렸다. 동평관에 머물던 왜인들 또한 아무 까닭 없이 돌아가니 사람들이 괴이히 여기더라.

※ 조공(朝貢) — 작은 나라가 큰 나라를 두려워하여 재물을 바치던 일.
※ 노자(路資) — 여행하던 사람이 길을 가면서 쓰는 돈.
※ 동평관(東平館) — 조선 시대에, 일본 사신이 와서 머무르던 숙소.

장수들은 달아나고
임금은 피난 가고

임진년(1592년) 사월 초, 부산첨사 정발이 군사를 데리고 절영도에서 산행을 하다가 문득 바다를 바라보니, 무수한 왜선이 바다를 새카맣게 뒤덮으며 몰려오고 있었다. 정발이 크게 놀라 부랴부랴 성으로 돌아와 성문을 굳게 닫고 지키었으나, 왜적이 곧 따라와 성을 철통같이 에워싸고 치니, 성은 순식간에 무너지고 정발은 혼란 중에 죽었다. 수성장 박홍은 왜적의 강대함을 보고 싸울 뜻이 없어 성을 버리고 달아나 버렸다. 왜적이 그 여세를 몰아 서평포를 짓밟으니, 첨사 윤홍신이 힘써 싸우다 끝내 죽고 말았다. 병마절도사 이각이 소식을 듣고 동래로 가다가, 도중에 부산성이 적에게 넘어갔다는 소식을 듣고 소산역에 물러나 진을 쳤다.

육지에 오른 지 채 열흘이 안 되어 왜적이 동래성에 몰려왔다. 동래부사 송상현이 성문을 닫고 굳게 지키니, 왜적이 성을 에워싸고 급히 공격하였다. 송상현은 능히 막아 내지 못할 것을 알고, 관아에 들어가 조복을 갖춰 입고 통곡하더니, 임금이 있는 곳을 향하여 네 번 절하며 말하였다.

"신이 변방을 지키다가 난리를 당하여 도적을 막지 못하고 오늘 죽사오니, 충성을 다하지 못한 것이 한이로소이다. 부디 하늘은 굽어살피소서."

또한 손가락을 깨물어 시 한 수를 지었다.

외로운 성에 달무리 지니
큰 진을 지키지 못하도다
임금과 신하의 의리는 무겁고
부모 자식 사이의 은혜는 가볍도다

상현이 시를 둘둘 말아 하인에게 주며 말하길,

"너는 빨리 돌아가 이 글을 부친께 드리고 피란토록 하라."

하고, 드디어 칼을 뽑아 들고 바위처럼 버티고 섰다. 곧 왜병이 성에 들어와 관아로 돌입하니, 상현이 힘써 싸우다가 죽었다. 왜적들이 그 의기에 놀라고 감탄하여, 관을 갖춰 장례를 치르고 표시를 세워 사람들이 알게 하였다.

※ 무수(無數)하다 — 헤아릴 수 없다.
※ 수성장(守城將) — 수성군(守城軍), 즉 성을 지키는 군사들을 통솔하여 산성을 지키는 무관 벼슬.
※ 조복(朝服) — 관원이 조정에 나아갈 때에 입던 예복.

영남의 여러 고을은 바람결에 들리는 소문만 듣고도, 싸워 보지도 않고 마구 무너졌다. 밀양부사 박진은 군사를 내어 창원의 좁고 험한 목을 지키어 도적을 막으려 하다가, 왜적이 물밀듯 밀려오자 군사들이 겁을 먹고 사방으로 도망하는 바람에, 황급히 성으로 돌아와 무기 창고에 불을 놓고 산으로 달아나 버렸다.

왜장 가등청정과 평행장이 이미 여러 성을 무너뜨리고 질풍처럼 공격해 올라왔다. 병마절도사 이각은 소산역에 있다가 이 소문을 듣고 돌아와 첩을 데리고 도망치니, 왜적은 가는 곳마다 승승장구하였다.

경상감사 김수도 처음에는 진을 치고 있었는데, 부산이 무너졌다는 소식을 듣고 동래로 향하다가 도중에 왜적이 가까이 오는 것을 보고 크게 놀라 도망하였다. 김수는 도망치면서 각 고을에 사람을 보내어 이르기를,

"백성은 피란하라."

하니, 이 때문에 싸우러 오던 군사들도 소식을 듣고는 제 부모처자를 이끌고 피란해 버렸다. 이로 인하여 경상도 일대는 온통 텅 비어 도적이 아무 거리낌 없이 들어오니라. 하지만 조정에서는 이런 사실조차 모르고 있었으니, 사월 십칠일에 경상좌수사가 올린 장계를 보고서야 부산이 무너지고 왜적이 동래로 향하고 있다는 것을 알게 되었다.

선조 임금이 크게 놀라, 유성룡을 체찰사로, 이일을 경상도 순변사로 임명하였다. 또 신립을 충청도 순변사로 삼아 충청도 군대를 거느리고 가서 이일의 뒤를 도우라 하고, 유극량은 방어사로 삼아 도성을 지키라 하니, 사람들이 인사하고 바로 길을 떠나더라.

순변사 이일은 내려가면서 먼저 격서를 각 고을에 보내, 경상도 일대 모

든 고을의 수령들은 군사를 거느리고 대구로 모이도록 하였다. 하지만 수령들은 거느릴 군사가 없었다. 있던 군사도 흩어지는 판이라 모아들일 군사가 없었던 것이다. 수령들이 서로 의논하기를,

"순변사가 오면 우리는 모두 죽은 목숨이오."

하고는, 저마다 살길을 찾아 뿔뿔이 흩어져 버렸다.

이일이 충청도 땅에 이르렀을 때, 남녀노소 할 것 없이 백성들이 피란하는데, 우는 소리가 땅을 울리니 이일이 깊게 탄식하고 더욱 군사를 재촉하더라. 경상도 땅에 들어서니, 마을들이 다 비어서 길을 물을 곳도, 밥을 얻어먹을 길도 없었다. 굶주림과 목마름을 참고 문경에 이르니, 이곳 역시 사람 그림자도 뵈지 않았다. 겨우 창고를 열어 밥을 지어 먹고 다시 길을 달려 대구에 이르렀으나 마찬가지로 인적이 없고, 상주에 도착하니 상주목사 권길만이 홀로 앉아 있을 뿐이었다. 이일은 짐짓 크게 소리 높여 군사 없음을 꾸짖고,

"끌고 나가 베어라."

하니, 권길이 애걸하기를,

"다시 군사를 모으겠사오니, 제발 용서하소서."

하니, 이일이 용서하고 급히 군대를 모집하라 일렀다. 권길과 이일이 힘

※ 목 — 사람의 목처럼, 좁으면서도 아주 중요한 곳.
※ 승승장구(乘勝長驅) — 싸움에 이겨서 계속 몰아침.
※ 장계(狀啓) — 조선 시대 관찰사·병사·수사 등 왕명을 받고 지방에 나가 있는 신하가 자기 지역의 중요한 일을 왕에게 보고하거나 청하는 문서.
※ 격서(格書) — 특별한 경우에 일반 백성들을 가르치거나 모집하기 위하여 사용하는 글.

을 합쳐 창고를 열고 양식을 풀어 사람을 모으니, 겨우 팔백여 명이 모이더라. 바로 진을 치고 갑옷과 투구를 갖추어 군사들을 깃발 아래 세우니, 종사관 윤섬과 박호, 목사 권길이 뒤를 따르더라.

얼마 뒤, 진 가까운 곳 수풀 사이에 두어 사람이 나타나 두루 살피다가 도망가는 것을 보았다. 왜적의 척후병인가 의심하여 이일이 군관에게 명하였다.

"역졸 두 사람을 데리고 나아가 적의 세력을 살펴보고 오너라."

하지만 군관이 미처 얼마 가지 못하여 왜적을 만나 총에 맞아 죽으니, 이일의 군사는 사기가 땅에 떨어져 버렸다. 곧이어 총소리가 나더니 왜적이 무수히 몰려나오며 조총을 콩 볶듯 쏘아 대니 맞아 죽은 자가 헤아릴 수 없더라. 이일이 군사를 지휘하여 명령하였다.

"급히 화살을 쏘라."

하지만 조선군이 쏜 화살은 중간에 떨어져 전혀 도적을 해치지 못하였다. 도적이 깃발을 휘두르며 한꺼번에 달려드는데, 이일이 형세 위급함을 보고 당황하여 말을 타고 달아나니, 군사들도 자기 목숨을 살리려고 일제히 도망하였다. 왜적이 한 무리의 군사를 죽이고, 이일을 바짝 뒤따르니, 이일이 크게 놀라 갑옷도 벗어 던지고, 말에 채찍을 마구 휘둘러 정신없이 도망하더라. 그렇게 문경까지 도망한 이일은 임금께 전투에서 패한 이유를 보고하고는, 다시 북쪽으로 올라가 도성을 지키려 하다가 신립이 충주에 있다는 소식을 듣고 충주로 넘어가니라.

충청도 순변사 신립이 충주로 내려가 보니 백성들이 다 피란하고 없었다. 할 수 없이 여러 고을에 격서를 전해 군사를 모으니 팔천 명이 넘게 모이더라. 신립은 원래 군사를 지휘하여 조령을 지키고자 하였으나, 문득 이일이 패한 소식을 듣고는 크게 놀라 군사를 물려 충주 탄금대 아래에 큰물을 등지고 진을 치게 하였다. 여러 장수들이 말하였다.

"이런 들판에 진을 쳤다가 왜적이 이르면 어찌하려고 하시오."

"옛날 한신이 초나라를 칠 때 배수진으로 크게 이기었느니라."

"한신은 적병보다 수도 많고 강한 군사로 배수진을 쳤기 때문에 이긴 것이오. 지금 우리는 적보다 군사가 적은데 왜적을 어찌 당하리오. 다행이 이기면 좋겠으나, 그렇지 않으면 한 명도 살아남지 못하리니, 이 얼마나 두려운 일이오."

신립이 이 말을 듣고 크게 노하여, 그 장수의 목을 베려 하는데, 마침 이일이 창을 메고 들어왔다. 신립이 반갑게 맞이하며 서로 자리를 잡고 앉아 막 얘기를 나누려 하는데, 군사 하나가 달려 들어와 급하게 보고하였다.

"도적이 벌써 조령을 넘었사옵니다."

신립과 이일이 즉시 말에 올라 바라본즉, 왜적이 들판을 가득 메우고 바람이 휩쓸듯이 몰려오거늘, 군졸들이 이미 간담이 서늘하여 싸울 뜻이 없었다. 신립은 군사들에게 급히 활을 쏘라 명령하고, 스스로도 긴 창을 들고 말에 올라 적진으로 돌진하였다. 신립을 맞아 왜적이 세 방면을 에워

※ 척후병(斥候兵) — 적에 관한 정보를 얻기 위하여 적진을 살펴보는 병사.

※ 한신(韓信) — 중국 전한 시대의 무장으로, 한(漢) 고조를 도와 조(趙)·위(魏)·연(燕)·제(齊)나라를 멸망시키고 항우를 공격하여 큰 공을 세웠다.

※ 배수진(背水陳) — 강이나 호수 같은 물을 등지고 진을 치는 것. 죽을 각오로 적을 막겠다는 뜻을 보이는 진.

싸고 공격하니, 천하의 용맹한 신립인들 어찌 벗어날 수 있으리오. 급하게 한쪽을 뚫어 헤치고 달아나다가 끝내 철환에 맞아 죽느니라. 도적이 기세를 올려 공격하니, 조선 군사가 대패하여 죽은 자가 무수하더라.

신립이 패한 것을 본 이일은 있는 힘을 다하여 살길을 뚫었다. 긴 창을 들고 동쪽을 바라보고 말을 몰아가는데, 왜적 수십 명이 한꺼번에 달려들었다. 이일이 힘을 다하여 왜적 십여 명을 죽이고는 길을 뚫고 달아나니, 왜적이 이일의 용맹함을 보고 감히 따르지 못하였다. 이일이 급히 부여로 들어가 조정에 장계를 올리고는 다시 군사를 불러 모으려 하였다.

패장 이일이 부끄러움을 무릅쓰고 아뢰옵니다. 처음 영남에서 대패하고 겨우 목숨을 보전하여 충주의 신립에게 갔습니다. 신립과 힘을 합쳐 탄금대 아래에서 도적과 싸웠으나 군사들이 모두 죽고 신립 또한 죽었습니다. 신은 부여로 달아나 군민을 모아 도적을 다시 치고자 합니다. 하오나 도적의 기세가 워낙 걷잡을 수 없어 신의 목숨도 어찌 될지 알 수 없사옵니다. 곧 도적이 도성을 침범할 듯하오니 원컨대 방비하소서.

선조 임금으로서는 하늘이 무너지는 소식이었다. 종친인 하원군과 하릉군이 나서서 말하였다.

"일이 이 지경에 이르렀으니 평양으로 어가를 옮기시고, 명나라에 구원을 요청하시어 뒷날을 도모하소서."

이 말을 들은 사헌부 장령 권협이 눈을 부라리며 소리쳤다.

"어찌 도성을 버린단 말이오."

어쩔 수 없이 체찰사 유성룡과 도승지 이항복이 나서서 말하였다.

"지금 형편을 보면 전하께서 떠날 수밖에 없사옵니다. 청컨대 모든 왕자를 삼도에 나누어 보내 군사를 모집하고, 왜적을 몰아내어 나라를 되찾을 때까지 기다리는 것이 마땅할까 하나이다."

임금이 듣고 즉시 영부사 김귀영, 칠례군 윤탁연, 장례군 황정욱, 호군 황혁, 동지 이기 등을 불러 말하였다.

"내가 덕이 없어 큰 화를 만나 종사를 버리고, 가족들과도 흩어지게 되었으니 슬픔을 참을 길이 없도다. 과인이 본래 경들의 충성을 아나니, 임해군과 순화군 두 왕자를 데리고 강원과 함경 두 곳으로 들어가, 한편 피란하며 한편 군사를 모아 도적을 물리쳐 부자와 군신이 다시 만날 수 있도록 하라."

"신 등이 비록 충성이 부족하오나 죽음으로써 왕자를 모시겠나이다."

※ 종친(宗親) — 임금의 친족.

※ 어가(御駕) — 임금이 탄 수레. 어가를 옮긴다는 것은 임금이 도성을 버리고 떠나는 것을 뜻한다.

※ 삼도(三道) — 충청도, 경상도, 전라도를 말함.

※ 종사(宗社) — 종묘와 사직이라는 뜻으로, '나라(국가)'를 이르는 말. 여기서 '종묘(宗廟)'는 조선 시대에, 역대 임금과 왕비의 위패를 모시던 왕실의 사당이고, '사직(社稷)'은 나라 또는 조정을 이르는 말이다.

※ 과인(寡人) — 덕이 적은 사람이라는 뜻으로, 임금이 자기를 낮추어 이르던 일인칭 대명사.

김귀영이 즉시 대답하고, 두 왕자를 모셔 함께 떠나더라.

임금이 군사를 재촉하여 왕비와 후궁들을 거느리고 서쪽으로 떠나니, 임금이 떠나는 길에 백성들이 모여들어 통곡하였다.

"이제 백성들을 버리시고 어디로 가시나이까."

임금이 선전관을 보내 백성들을 위로하였으나, 그 울부짖는 소리는 그칠 줄 몰랐다. 어가가 벽제역에 이르렀을 때 비가 동이에 물을 담아 붓듯이 내리니, 조정 관리들과 시종들의 몸이 흠뻑 젖고 말았다. 이때 파주목사 장철과 장단부사 구효연이 약간의 술과 고기를 마련하여 임금을 기다리고 있었는데, 어가를 호송하는 군사들이 종일 굶었던 터라, 다투어 달라붙어 빼앗아 먹으니 임금에게 드릴 것이 없었다. 구효연과 장철은 벌을 받을까 두려워 달아나 버렸다.

드디어 송도유수 조인득이 군사를 거느리고 와서 어가를 맞이하였다. 어두운 길을 잘 호위하여 저녁참에야 송도에 들어갔다. 그러자 대간이 고하여 아뢰길,

"도성을 버리게 되었사오니, 죄를 물을 사람이 많습니다."

하거늘, 선조 임금이 즉시 영의정을 물러나게 하고, 유성룡은 영의정에, 최홍원은 좌의정, 윤두수는 우의정에 앉혔다.

임진년 오월 사일에 왜적이 도성에 이르렀다. 왜적은 처음 세 갈래 길로 나눠, 한 무리는 양산, 밀양, 청도, 대구, 인동, 선산으로 조선군을 몰아내며 오고, 한 무리는 울산, 경주, 영천, 의홍, 비안으로 올라가 용궁과 하풍진 나루를 건너 문경으로 내달아 가운데 길로 온 부대와 합세하여 조령을 넘어 충주를 깨뜨리고, 다시 군사를 두 갈래로 나눠, 한 무리는 여주로 해

서 양근, 용진을 건너 도성에 이르고, 또 한 무리는 죽산, 용인을 거쳐 한강 남부에 이르렀다. 마지막 한 무리는 김해로 해서 무계를 지나 황간, 영동으로 청주를 무너뜨리고 경기도로 향하니, 왜적의 창칼이 천 리 길에 이어지고, 대포 소리 하늘과 땅에 진동하였다. 왜적들은 십 리나 이십 리마다 영채를 세우고, 밤이면 불을 들어 서로 통하고 낮이면 포를 쏘아 서로 통하더라.

　도원수 김명원은 한강을 지키고 있다가, 왜적이 밀려오는 것을 보고는 싸울 마음이 없어 무기와 화포를 다 물에 넣고 달아나 버렸다. 왜적이 뗏목을 모아 타고 강을 건너 도성에 이르니, 유도대장 정양원 또한 성안에 있다가 적병을 보고는 싸울 뜻이 없어 동쪽 문을 열고 양주로 달아나 버렸다. 한강을 잃고 도망하던 김명원이 임진강에 이르러 생각하되,

　'만일 이곳까지 잃는다면 전하의 피란길을 보전하지 못하리라.'

하고, 임금에게 글을 올리니, 선조 임금이 경기도와 황해도 군사를 불러, 도원수와 함께 임진을 지키라 하였다.

　어가는 바로 송도를 떠나, 금천역에 이르러 잠을 자고, 오월 사일에는 부상역, 오월 오일에는 봉산군에서 묵었다. 육일에는 황주에서 자고, 칠일에 드디어 평양에 이르니, 평안감사 송언신이 어가를 맞이하는 한편, 군민을 모아 성 지킬 준비를 하더라.

※ 선전관(宣傳官) — 조선 시대에, 선전관청에 속한 무관 벼슬. 또는 그 벼슬아치.
※ 영채(營寨) — 야전에서 임시로 세운 군대의 진.

41

남쪽 끝에서 북쪽 끝까지 왜적의 손아귀에

평행장이 도성을 점령한 뒤, 일본에 편지를 보내어 군사를 더 보내 달라고 청하였다. 평수길이 크게 기뻐하며, 즉시 대장 안국사와 평정성을 불러 말하였다.

"이제 평행장이 조선의 삼도를 무너뜨리고 도성을 빼앗으니 조선왕은 평양으로 달아났다 한다. 너희는 각자 군사를 거느리고 가서 가등청정과 함께 평양을 깨뜨려라."

두 장수는 명령을 받잡고, 각각 일만 명의 군대를 거느리고 부산에 다다라, 밤낮으로 행군하여 도성 가까이에 이르러 청정에게 연락을 하였다.

이때, 왜장 평수령은 종묘에 진을 치고, 청정과 평행장은 경복궁에 진을 치고 있었다. 그런데 밤마다 종묘와 사직 신령이 꿈에 나타나 꾸짖고 보채니, 도적이 견디다 못하여 종묘와 대궐에 불을 지르고 밖으로 나와 머물렀다. 하루는 청정이 평행장에게 말하였다.

"조선왕이 평양으로 갔으니, 그대가 평양을 치면 조선왕은 반드시 의주로 도망할 것이다. 그럼 그대는 평양을 굳게 지키고 있으라. 마다시와 심안둔이 군사를 거느려서 서해 바다를 돌아 압록강에 이르러 마주 쳐들어오면 조선왕은 갈 곳이 없어 함경도로 달아날 것이다. 그때 나는 함경도에 들어가 길목마다 복병을 두어 지키겠다. 그렇게만 되면 조선왕은 독안에 든 쥐가 될 것이다. 그때 상황을 보아 소식을 통하리니 그대는 즉시 협공하라."

청정은 또 평조신과 평조령에게 도성을 지키라 하고는, 평의지 등과 함께 서북쪽으로 각각 길을 나누어 행군하였다.

전라감사 이광은 군사를 거느리고 도성으로 오다가, 도중에 도성을 빼앗겼다는 소식을 듣고 전주로 돌아갔다. 이광은 파발을 보내 충청감사 윤국형과 경상감사 김수와 함께 군사를 모으니 오만여 명에 이르렀다. 세 감사가 군사를 거느리고 용인까지 이르러 바라보니, 도적이 북두산에 영채를 세워 놓고 있었다. 이광 등이 군사를 나누어 진을 짜고 싸움을 걸었으나 적은 조용히 움직이지 않았다. 삼도 감사가 의논하길,

"도적이 우리를 두려워하여 감히 나오지 못하니, 마땅히 우리가 올라가 무찔러야 하지 않겠소."

※ 파발(擺撥) — 조선 후기에, 공문을 가지고 역참 사이를 오가던 사람.

하고, 교만에 빠져 방비도 제대로 하지 않은 채 게으름을 피우고 있었다. 적이 이런 모습을 보고 대포 소리를 신호로 진문을 열고 짓쳐 나오니, 조선군은 감히 싸우지 못하고 다투어 도망하였다. 적이 뒤를 따라 모두 죽이니, 삼도 감사는 군사를 반이나 넘게 잃고 겨우 목숨을 보전하여 각자 자기 땅으로 돌아가 버렸다.

부원수 신각은 도원수 김명원을 쫓아가지 아니하고, 유도대장 정양원을 따라 양주에 가 있었다. 마침 남병사 이혼의 군사를 만나 함께 도성으로 오다가 도적과 싸워 적병 육십여 명을 베고, 임금께 첩서를 올렸다. 조선군이 거둔 첫 번째 승리였다. 하지만 이 첩서가 도착하기 전, 임진강에 있던 김명원이 임금에게 이런 장계를 올리더라.

신각이 신의 명령은 듣지 않고 제 마음대로 다른 곳에 갔사오니, 청컨대 죄를 물으시옵소서.

이에 선조 임금이 선전관을 보내어 옳고 그름을 따지지 아니하고 신각의 머리를 베어 버렸다. 왜적은 이제까지 조선에 들어와 한 번도 패한 적이 없다가 오직 신각에게만 패하였는데, 신각이 죽었다는 소식을 듣고는 못내 아까워하였다.

부원수 유극량은 강을 사이에 두고 왜적과 맞서고 있었다. 유극량이 방패를 세우고 편전을 무수히 쏘니 적병이 많이 죽었다. 왜장 평의지가 크게 놀라 몇 리나 물러나서 진을 치고 근심하였다. 그러다 문득 한 가지 계책을 생각해 내고는 청장, 행장 등과 의논하였다.

"우리가 거짓으로 군사를 물려 조선 군사를 유인해 올 테니, 장군들은 부대를 둘로 나눠 골짜기 양쪽에 숨었다가 일시에 내달아 쳐 죽이면 능히 승리할 수 있을 것이오."

이러고는 군사들에게 명령을 내려 도망하는 척하며 십 리나 진을 물리게 하였다.

한편, 조선군 쪽 장수 신길은 왜적이 정말로 도망하는 것으로 알고 말하길,

"적병이 오래 머무르다 보니 분명 군량이 다하여 물러간 것이오. 이제 가만히 그 뒤를 따라 공격합시다."

하니, 유극량이 말하길,

"후퇴하는 군대는 뒤를 튼튼히 하는 법이니, 신중해야 합니다."

하거늘, 신길이 듣지 않고 밤이 오길 기다려 강을 건넜다. 조선 군사들이 강을 건너 골짜기로 막 들어가려 하는데, 갑자기 왜적이 골짜기 양쪽에서 내달아 한꺼번에 짓쳐 왔다. 그제야 함정에 빠진 줄 알고 급히 군사를 돌려 강가에 이르렀으나, 이번에는 배가 없었다. 조선 군사들이 어쩔 줄 몰라 우왕좌왕하는 사이에 문득 위아래 강가에서 적병이 내달아 두 방향으로 짓쳐 오니, 아군끼리 서로 찌르고 짓밟혀 죽었다. 신길이 있는 힘을 다하여 싸우다가 철환에 맞아 죽고 말았다. 유극량이 하늘을 우러러 탄식하

※ 첩서(疊書) — 싸움에서 승리한 것을 보고하는 글.
※ 편전(片箭) — 짧고 작은 화살. 반을 자른 대나무 통에 넣어서 쏘던 화살로 위력이 있었음. '아기살'이라고도 함.

였다.

"신길이 내 말을 듣지 아니하고 이렇듯 패하니 누구를 탓하리오."

유극량은 쌓아 둔 화살을 쏘아 왜병을 셀 수 없이 죽였으나, 곧 화살은 떨어지고 적병은 끝없이 몰려들었다. 극량은 굵은 눈물을 한 줄기 흘리며 말하길,

"내 어찌 도적에게 욕을 당하리오."

하고, 장검을 뽑아 스스로 목을 베어 죽느니라. 임진강을 지키던 김명원은 군사를 거둬 평양으로 물러갔다.

왜장 청정이 임진강을 건너 안성역에 이르러 군사를 두 길로 나눠 나아갔다. 청정은 북도로 가고, 행장은 황해도 장일원에 진을 치고 군사를 보

내어 평양 소식을 알아 오게 하였다.

　북병사 한극함이 적병이 가까이 왔다는 소식을 듣고 황망히 경흥, 경원, 회령, 종성의 군사를 모집하여 나아가 청정에 맞섰다. 극함이 먼저 보병에게 방패를 끼고 일시에 몰아붙이라 하니, 적이 조선군의 기세에 눌려 잠시 물러났다. 이에 극함이 기마병을 몰아 좌우에서 협공을 하니 청정이 크게 패하여 달아났다. 의기양양한 극함이 군사를 재촉하여 급히 따르니 청정이 좁은 골짜기로 들어가 군사를 매복시켜 놓고 기다렸다. 하지만 극함은 산세가 험악한 것을 보고 군대를 물려 창천 들에 진을 치고 쉬게 하였다. 이때 왜군 장수 경감로가 길주, 명천을 무너뜨리고 회령으로 가다가 청정이 패한 소식을 듣고 군사를 몰아 극함의 뒤로 접근해 왔다. 청정과 경감로는 앞뒤에서 극함을 공격하기로 하고, 밤이 되길 기다렸다. 드디어 밤이 되어 앞뒤에서 몰아치니, 청정의 군사만 바라보고 있던 극함은 제대로 싸워 보지 못하고 도망하였다. 극함이 군사를 거의 다 잃고 마천령에 올라가 쉬고 있는데, 그날 밤 다시 도적이 군영에 불을 놓고 짓쳐 나왔다. 극함의 군사가 여러 번 싸워 몹시 지쳐 있던 터라, 다시 싸울 뜻이 없어 무기를 버리고 달아나 버렸다. 극함만이 힘써 싸우다가 끝내는 말을 타고 회령으로 향하였다. 청정이 군사를 몰아 남병영에 이르니 남병사 이혼도 부랴부랴 달아나 버렸다. 청정이 승승장구하니 그 세력이 태산 같더라.

──────────

※ 북도(北道) ── 경기도 북쪽에 있는 황해도, 평안도, 함경도를 이르는 말.

이때, 임해군과 순화군 두 왕자는 대신들을 데리고 강화도를 지나 함경북도에 들어가 회령에 있었다. 그런데 회령읍 아전 국경인이 나쁜 마음을 품고, 동료 십여 명을 모아 가만히 의논하기를,

"이제 조선은 회복하기 어려우니 어찌 서산에 지는 해를 기다리느라 동녘의 새 달을 사랑하지 아니하리오. 우리가 두 왕자와 대신들과 한극함 등을 사로잡아 청정에게 투항하면 벼슬을 얻으리다."

하고, 사람들을 길목에 숨겨 두고 왕자의 숙소에 들어가 거짓으로 황급하게 아뢰었다.

"적병이 가까이 왔으니 빨리 산속으로 피하소서."

두 왕자가 듣고 크게 놀라 김귀영, 황정욱, 감사 유영립, 북병사 한극함과 함께 성문을 나와 황망히 달아났다. 날은 벌써 어두워지고, 길도 모르는 두 왕자는 국경인이 이끄는 데로 따라가다 연못에 빠지고 말았다. 그러자 숨어 있던 이들이 한꺼번에 달려들어 두 왕자를 말에 싣고 남병영에 가 청정에게 투항하였다. 청정이 뛸 듯이 기뻐하며 국경인을 회령 고을의 수령으로 삼고, 그의 동료들에게도 금은보화를 나눠 주었다.

남병사 이혼은 왜적이 가까이 온 것을 알고 갑산에 달아나 있었는데, 그 고을 좌수인 주이남이 국경인의 일을 듣고 생각하되,

'나도 이제 출세를 좀 해 봐야겠다.'

하고, 밤이 깊기를 기다려 칼을 품고 이혼의 방에 들어가 깊이 잠들어 있는 이혼의 머리를 가만히 잡아 베어 가지고 청정을 찾아갔다. 청정이 보고 크게 기뻐하며 주이남에게 길주 땅의 수령을 하라고 하고는 물었다.

"국경인이 잡아 온 사람 중에 너와 친한 자가 있느냐?"

이남이 유영립을 가리키며 말하였다.

"내 전에 죽을 뻔한 것을 이 사람이 살려 냈으니, 이제 그 은혜를 갚고자 하오."

청정이 묶여 있던 유영립을 풀어 주고 허술하게 지키니, 영립이 그 틈을 타 도망하니라.

이백 년의 평화 뒤에 찾아온
동아시아판 세계대전!

건국(1392년) 이후, 이백여 년 동안 큰 전쟁 없이 평화롭게 지내던 조선에 드디어 전쟁이 터졌습니다. 일이십 년도 아니고, 이백 년 동안 큰 전쟁이 없었다고 하니, 전쟁 준비를 제대로 했을 리가 없겠지요. 반면에 일본은 백여 년 동안 자기들끼리 전쟁을 해 왔던 터이니, 별다른 준비라고 할 것도 없었고요. 임진왜란은 한국, 중국, 일본이 조선 땅에서 한판 맞붙은 동아시아판 세계대전이라고 할 만합니다. 이때까지 한반도에서는 한국과 중국, 또는 한국과 일본이 따로따로 전쟁이나 전투를 한 적은 있어도, 임진왜란 때처럼 한·중·일이 한꺼번에 맞붙은 적은 없었으니까요. 자, 그럼 임진왜란이 어떻게 전개되었는지 한번 살펴볼까요?

임진왜란의 전개 과정

1592년	4월 13일	일본군 부산 침공	임진왜란 발발 - 일본군의 일방적인 진격과 조선 수군의 부분적 승리, 그리고 마침내 명나라 참전
	4월 14, 15일	부산진, 동래성 함락	
	4월 24일	이일, 상주 전투 패배	
	4월 28일	신립, 탄금대 전투 패배	
	5월 2일	서울(한양) 함락	
	6월 15일	평양 함락	
	6월 19일	명나라 조승훈 압록강을 건너다.	
	7월 8일	이순신-한산대첩, 권율-이치대첩	
	7월 17일	조승훈, 제1차 평양성 전투 패배	
	8월 1일	이원익, 제2차 평양성 전투 패배	
	8월 18일	금산 전투에서 의병장 조헌 등 전사	
	9월 1일	부산포해전, 심유경과 고니시 유키나가 휴전 합의	
	9월 16일	의병장 정문부, 함경도 경성 탈환	
	10월 6~10일	김시민, 진주대첩	
	12월 25일	명나라 이여송 압록강을 건너다.	
1593년	1월 6~9일	평양성 탈환	조선과 명나라의 반격
	1월 하순	개성 탈환 - 평안, 황해, 경기, 강원 등 4도 회복	
	1월 27일	이여송, 벽제관 전투 패배	
	2월 12일	권율, 행주대첩	
	2월 18일	이여송 평양 퇴각	

1593년	4월 18일	일본군 한양 철수	조선과 명나라의 반격
	6월 22일	제2차 진주성 전투, 조선군 패배	
	8월 30일	이순신, 삼도수군통제사 취임	
1594년	9월 29일	1차 장문포해전(최초의 수륙 합동 작전)	불안정한 휴전 상태
1595년	4월 28일	도요토미 히데요시 책봉사 한양 도착	
1596년	9월 2일	도요토미 히데요시, 오사카성에서 명나라 사신 접견 후 강화 파기	
1597년	2월 4일	사헌부, 이순신 탄핵	정유재란 발발
	2월 22일	도요토미 히데요시, 재침 계획 하달	
	7월 16일	칠천량 해전	
	7월 22일	이순신, 삼도수군통제사 재취임	
	9월 7일	직산전투	
	9월 16일	명량해전	
	9월 28일	정기룡, 보은전투에서 가토 기요마사 격파	
	12월 23일~1월 3일	울산성 전투	
1598년	5월 16일	진린과 유정이 이끄는 명나라 추가 병력 도착	마침내 종전
	11월 19일	노량해전에서 이순신 전사	
	12월	일본군 전면 철수	

빨리 의주로 들어가 구원을 청하리라

　경상도 순변사 이일이 충청도 원주로 가니 성이 비어 인적이 없고, 주변 큰 마을에도 또한 사람이 없었다. 어쩔 수 없이 북도로 들어가니 함경도에는 도적이 그득하여 우리 군사와 접촉할 곳이 없었다. 도로 평안도로 넘어가 평양에 이르니, 선조 임금이 이일을 만나 자초지종을 듣고 한탄하더라. 영의정 유성룡이 이일에게 말하였다.

　"그대에게 수백의 군사를 맡길 터이니, 영귀루 아래 여울을 잘 지키라."

　이일은 즉시 군사를 거느리고 영귀루를 찾아가는데, 중간에 길을 잃고 강 서쪽으로 가다가 마침 평양좌수 김윤을 만나 겨우 길을 물어 여울목을 찾아갔다. 마침 왜장 평수맹이 군사를 휘몰아 막 여울을 건너려 하고 있었다. 이일은 진을 치다 말고 군사들에게 급히 활을 쏘라 하나, 군사들이 이미 겁을 먹고 쏘지를 못하였다. 그러자 이일이 크게 화를 내며 친히 한 군사를 베어 버렸다. 군사들이 놀라 그제야 비로소 활을 쏘니, 그 화살에 맞아 죽은 자가 헤아릴 수 없었다. 결국 평수맹이 당하지 못하여 물러가니, 이일이 그곳을 굳게 지키니라.

평행장 등이 양임 어귀에다 진을 치고, 봉산, 황주와 정방산성에 있는 창고를 열어 군량을 삼고, 일본에 군사를 더 청하여 평양을 치려 하였다. 정탐꾼이 이런 사실을 조정에 보고하니, 여러 대신들이 의논하였다.

"적의 세력이 강성하여 그 기세를 당할 수가 없사옵니다. 어서 평양을 버리시고 북도로 들어가 피하는 것이 좋을까 하나이다."

유성룡이 가만히 듣고 있다가 임금께 아뢰어 말하였다.

"평양은 도성과는 좀 다릅니다. 도성은 민심이 먼저 흩어진 까닭에 지키지 못하였습니다만, 이곳은 대동강이 앞을 막고 있고, 민심도 자못 정돈되어 있습니다. 또 중국 땅이 가까우니 구원병을 청하여 적을 물리칠 수도 있습니다. 만일 정 힘들면 그때 의주로 들어가 다시 의논하면 될 듯합니다."

하지만 선조 임금은 유성룡의 의견을 받아들이지 않고 말하길,

"빨리 의주로 들어가 구원을 청하리라."

하고, 김명원, 이원익에게는 평양을 지키라고 명령하였다. 임금이 어가를 타고 보통문으로 나서니, 판부사 노직이 종묘를 모시고 어가를 따르더라.

※ 자초지종(自初至終) — 처음부터 끝까지의 과정.
※ 영귀루 — 평양의 대동강 가에 있는 누각.
※ 여울 — 물이 얕아서 물살이 빠르게 흐르지만 쉽게 건널 수 있는 곳.

임금이 떠나는 것을 안 백성들이 몰려나와 노직을 향하여 꾸짖기를,
"너희들이 나라를 도와 이 성을 지키지 않고, 이제 우리를 버리고 임금을
모셔 어디로 가려 하느뇨?"
하며, 어지러이 돌을 던지니 노직이 맞아 머리가 깨져 피가 흐르는데도, 하
인들이 감히 막지를 못하였다. 보다 못한 평안감사 송언신이 군사를 지휘

하여 백성 하나를 베니, 백성들이 놀라 주춤하는 사이에 어가가 서둘러 길을 떠나더라.

선조 임금이 박천군 관아에 들어가 평양 소식을 듣고자 하였다. 마침 청정에게 잡혀 있다 도망쳐 온 함경감사 유영립이 울며 고하되, 두 왕자와 대신들이 회령 아전인 국경인에게 속아 청정에게 잡힌 이야기와 자신이 도망한 이야기를 아뢰었다. 그러고 나서 끝에 덧붙이길,

"길에서 들으니 청정이 두 왕자를 일본으로 보낸다 하더이다."

하거늘, 선조 임금이 놀라 통곡하더라.

이때, 평행장과 평조신은 군사를 옮겨 대동강에 한 일(一) 자 모양으로 진을 치고 물을 건너려 하고 있었다. 윤두수와 김명원 등은 평양을 지키기 위해 남은 신하들과 연광정에 모여 의논하기를, 평안감사 송언신은 대동문을 지키고, 자산부사 윤옥후는 강경문을 지키기로 하였다. 성안의 백성들이 성가퀴마다 지켜 서서 포를 쏘며 위엄을 돋우니, 도적이 가까이 오지 못하고 언덕에서 총만 놓더라.

하루는 도적 두엇이 강가 모래밭에서 옷을 걷어붙이고 볼기를 두들기며 대동문을 향하여 욕을 하자, 평안 감영의 군관인 변사혁이 방패를 끼고 편전을 쏘아 그 도적의 볼기를 맞춰 거꾸러뜨렸다. 왜적들이 크게 놀라 편전을 '아기살'이라 하며 무서워하였다.

평양성을 에워싸고 이십여 일이 지났는데도 무너뜨리지 못하자, 왜장

※ 성가퀴 — 성 위에 낮게 쌓은 담. 여기에 몸을 숨기고 적을 감시하거나 공격하거나 한다.

들이 모여 의논하기를,

"평양을 피해서 작은 길을 찾아 압록강으로 갑시다. 조선왕이 편안하게 자리 잡을 기회를 주지 말아야 하오."

하니, 평조신이 말하길,

"가만히 얕은 여울을 건너 한 번만 더 성을 칩시다. 만약 이기지 못하면 그때 다시 의논해도 늦지 않을 것이오."

하니라. 이때, 김명원이 도적과 오래 맞서 버티고 있다가 하루는 성 위에 올라 왜적의 진을 바라보니, 도적들이 군사를 나눠 열 개의 작은 진을 세워 놓았다. 김명원이 생각하기를,

'적병이 오래도록 움직이지 않는 것은 지원병을 기다리고 있기 때문일 것이다. 안되겠다. 지원병이 오기 전에 밤을 틈타 기습해야겠다.'

하고, 영월군수 고언백과 벽단첨사 임수성을 불러 "적진을 기습하라."고 명령하였다. 두 사람은 이날 밤에 군사를 움직였다. 부벽루 아래 얕은 여울인 능라도를 건너 적진에 이르러 보니, 첫 번째 진은 왜적들이 깊이 잠들어 있었다. 언백 등이 일시에 힘을 모아 짓쳐 들어가니, 왜병들이 혼이 나가서 이리저리 달아났다. 언백과 수성의 군사들이 무수한 왜적을 죽이고 말도 수백 필을 빼앗았다. 그런데 갑자기 대포 소리가 진동하면서 불꽃이 하늘 높이 솟아오르더니 나머지 아홉 개의 진에서 왜적들이 일시에 일어나 달려드는 것이었다. 언백 등이 크게 패하여 뒤로 물러나 강가에 이르러 배에 오르고자 하였다. 하지만 도적이 너무 가까워서 배를 감히 대지 못하니, 물에 빠져 죽은 자가 헤아릴 수 없고, 남은 군사들만이 겨우 왕성탄으로 돌아 강을 건넜다. 언백이 군사를 거두어 여울을 지키려 했으

나 끝내는 맞서 싸우지 못하여 달아나니, 기세를 올린 왜적은 그날 밤 강을 건너 평양성으로 들어왔다. 적병이 물을 건너기는 했으나 처음에는 성 안 사정을 몰라 함부로 나아오지 못하다가, 윤두수와 김명원이 병기와 화포를 물에 빠뜨리고 순안으로 달아났다는 걸 안 뒤에야 들어오더라. 평행장은 성에 들어와 백성은 해치지 아니하고, 대신 무기와 말을 거두며 창고를 열어 군사들에게 음식을 주어 위로하더라.

윤두수와 김명원은 선조 임금이 머무는 곳으로 달려가 평양성이 왜적의 손에 들어갔음을 아뢰었다. 임금이 크게 놀라 즉시 박천 땅을 떠나 가산으로 출발하였다. 가는 길에 임수홍에게 명하길,

"세자를 모시고 다른 길로 나아가 군사를 불러 적을 무찌르라."

하니, 가산군수 심신겸이 유성룡에게 말하였다.

"우리 고을에 쌀 천여 석이 있으니, 만약 천병이 온다면 먹일 수 있소이다. 요즘 백성들이 난리 통에 쌀을 훔쳐 가고자 하니, 공이 이곳에 머물러 백성들을 진정시켜 주십시오."

"그것도 큰일이긴 하나 어찌 어가를 모시지 않을 수 있겠소."

유성룡이 어가를 모시고 산에 올라가서 내려다보니, 벌써 백성들이 몰려 들어가 창고를 허물고 있었다.

어가는 정주를 떠나 선천을 거쳐 마침내 의주에 이르렀다. 선조 임금이 무너지듯 주저앉으며 울부짖었다.

"이백 년 대업을 버리고, 홀로 여기까지 왔으니 장차 어디로 가리오."

신하들이 듣고 말하길,

"천병이 지금까지 오지 않으니, 봉황성의 장수에게 글을 보내어 어찌된

까닭인지 알아보소서."

하니, 선조 임금이 즉시 글을 써 보내니라.

긴박한 글월을 바치나이다. 과인의 국운이 불행하여 그물에 갇힌 신세가 되었습니다. 백성도 버리고 가족들과도 흩어져 외로운 몸이 변방에 깃들었으니, 어찌 한심한 일이 아니겠습니까. 이제 남은 신하와 백성을 거느리고 중국에 들어가 목숨을 구원코자 하나니, 이 뜻을 황제께 아뢰기를 바라나이다.

유성룡과 이항복이 다시 임금께 아뢰었다.

"글은 갔으니 또 사신을 보내어 구원을 청함이 좋을까 하나이다."

임금이 허락하고, 이조판서 신점과 병조판서 이성락을 사신으로 보냈다. 두 사신이 그날로 압록강을 건너 명나라 조정에 들어가 예부상서 설번을 보고 군사를 청하는 글을 올리니, 설번이 황제께 글을 바치더라. 황제 즉시 사신을 불러 그동안의 사연을 듣고는 조정의 모든 벼슬아치들을 불러 말하였다.

"조선을 구원할 대장을 정하라."

그러자 병부상서가 나서서 아뢰었다.

※ 석(石) — 섬. 부피의 단위. 곡식, 가루, 액체 따위의 부피를 잴 때 쓴다. 한 섬은 한 말의 열 배로 약 180리터에 해당한다.

※ 천병(天兵) — 명나라 병사. 조선은 명나라를 대국으로 모시는 사대주의 국가여서, 명나라 황제를 '천자', 명나라 조정을 '천조', 명나라 군대를 '천병'이라 했다.

"요동도독 조승훈이 지혜와 용기를 모두 갖추었사옵니다. 또한 요동은 조선과 가까우니 거기서 군사와 말을 뽑아 구원함이 마땅할까 하나이다."

황제가 허락하고, 요동부에 조서를 내려 '조선을 구원하라.'고 하고, 참지 곽문정과 유격장 사유에게도 '조승훈을 도우라.'고 하고, 예부에는 은자 이만 냥을 조선왕에게 보내어 '군수에 보태게 하라.'고 하였다.

때는 임진년 칠월이라. 사유와 곽문정이 요동에 이르러 황제의 명을 전하니, 조승훈은 즉시 군사 오천 명을 가려 뽑아 조선으로 향하였다. 드디어 구원병이 온다는 소식을 듣고 유성룡은 정주, 곽산, 선천 고을 등을 돌며 군사를 모으고 식량을 준비하였다. 또 압록강에는 부교를 놓아 구원병이 건너게 하고, 이원익에게는 순안을, 김명원에게는 숙천을 지키게 하고, 자신은 안주를 지키며 구원병을 맞이하였다.

조승훈이 군사를 거느리고 압록강을 건너 의주에 이르자, 선조 임금이 친히 성 밖에 나가 맞이하고, 음식을 주어 구원병을 정성껏 대접하고 위로하였다. 선조 임금이 조승훈에게 말하였다.

"왜적을 토벌하여 조선을 보전케 하라."

승훈이 승낙하고, 한 신하에게 물었다.

"왜적은 평양에 아직 있소이까?"

"아직 평양에 있나이다."

"하늘이 나로 하여금 성공케 하려 하시는구나."

승훈이 크게 기뻐하며 곧바로 군사를 휘몰아 평양으로 달려갔다. 그런데 도중에 갑자기 바람과 구름이 크게 일어나니, 행군을 멈추고 비바람이 그치기를 기다릴 수밖에 없었다.

이날 밤 삼경이 되어서야 겨우 비바람이 그치거늘, 승훈이 군사를 몰아 평양성 아래에 이르렀으나 어찌 된 일인지 적병이 보이지 않았다. 승훈이 칠성문을 통해 성안으로 들어갔다. 성안은 길이 좁고 날까지 어두워 말이 잘 나아가지 못하는데, 문득 왜병이 험한 곳에 의지하여 몸을 숨기고 총을 쏴 대니, 명나라 병사들이 맞아 죽는 자가 무수하였다. 도적은 이미 명나라 군사들이 온다는 소식을 듣고 대책을 마련해 두고 있었다. 병사들을 숨겨 성이 빈 것처럼 꾸미고 성문도 지키지 않은 것이다. 승훈이 혼이 반쯤 나가 군사를 물려 쉴 새 없이 도망하여 안주 땅에 이르렀다. 겨우 숨을 돌린 승훈이 역관 방의겸을 불러 말하길,

"우리 군사가 왜적을 많이 죽였으나, 비가 와 모두를 없애지는 못하였다. 군사들이 피로하여 잠깐 쉬고자 하니, 네 나라 체찰사에게 압록강 부교를 헐지 말라고 전해라."

하고, 또 군사들을 재촉하여 청천강을 건너 공강정까지 가서 영채를 세웠다. 이는 승훈이 한 번 패하자 지레 겁을 먹어 싸울 마음이 아주 없다는 뜻이었다. 공강정에 머문 지 며칠이 지나도 비가 그치지 아니하자, 이를 핑계로 조승훈은 즉시 압록강을 건너 요동으로 군사를 돌려 버렸다. 유성룡은 행여 민심이 동요할까 걱정하여 안주에 계속 머물면서 구원병을 다시 기다리더라.

※ **부교**(浮橋) — 뜬 다리. 군대가 물을 건너기 위하여 임시로 놓는 다리.
※ **삼경**(譯官) — 하룻밤을 오경(五更)으로 나눈 셋째 부분. 밤 열한 시에서 새벽 한 시 사이이다.
※ **역관**(譯官) — 통역을 맡아보는 관리.

하나둘씩 들려오는 승리의 소식

평양이 무너진 뒤 윤두수, 김명원은 순안으로 가고, 이일은 안악으로 갔으니, 이일이 가는 곳마다 고을은 텅 비어 있었다. 할 수 없이 이일이 피란민 백여 명을 데리고 가다가 산에서 큰 절을 하나 만났다. 절에 젊은 중 오십여 명이 있는 걸 보고는, 이일이 큰 칼을 빼어 들고 큰 소리로 꾸짖었다.

"너희 비록 중이라고 하나, 또한 조선 사람이 아니냐. 국난을 당하여 어찌 산속에서 편히 있으리오."

그러고는 그 자리에서 바로 승군을 조직하여 구월산성에 들어가 깃발과 창검을 마련한 뒤 평양으로 갔다. 가는 중에 길에서 한명연이란 사람을 만났는데, 명연은 본래 용맹과 지략이 뛰어난 사람으로 일찍이 영남

바닷가에서 살고 있었다. 명연은 난리가 나자 백성 수백 명을 데리고 왜선 수십 척을 부순 뒤, 평양으로 오다가 이일을 만난 것이었다. 이일이 두 손을 마주잡고 기뻐하며 함께 평양으로 나아가다가 평양 어귀 홍수원에서 도적 수백 명과 마주쳤다. 이일이 우선 군사를 골짜기에 숨기고 한명연과 의논하였다. 명연이 한 가지 계책을 내놓았다.

"저 도적놈들은 독 안에 든 쥐와 같으니 뭘 근심하리오. 내 승군을 거느리고 이쪽 골짜기 좁은 길을 따라 홍수원으로 가 앞에서 도적을 공격하리니, 장군은 병사들을 데리고 홍수원 뒤에서 공격하시오. 이렇게 앞뒤에서 협공하면 능히 성공할 것이오."

이일이 옳다 하고는 바로 군사를 움직였다. 그렇게 해질녘을 기다려 명연과 이일이 앞뒤에서 몰아치니, 왜적은 맞서 싸우지 못하고 저마다 목숨을 구하려고 사방으로 달아나더라. 왜병 수백 명을 짚단 베듯 베고, 다시 평양성 십 리 밖에까지 나아갔다. 그곳에서 김명원, 이원익과 함께 적을 깨부술 방법을 의논하는데, 이원익이 말하길,

"도적이 지금 마음이 교만해져서 우리를 업신여기니, 우리가 잘만 싸우면 반드시 성공할 수 있을 것이오."

하고, 이일을 선봉장으로 삼아 북을 울리며 앞으로 나아갔다. 평행장은 조선군이 오는 것을 보고는 부하 장수 종일에게 "나가 싸우라." 하였다. 종일이 한 무리의 군사를 거느리고 내달아 나오는데, 이일이 맞서 싸우다가 패하여 달아나 버렸다. 그러자 종일이 이번에는 이원익의 진을 치는데, 이원익 역시 패하여 도망하였다. 이일 등이 잇따라 패하여 우리 군사들이 몹시 당황하고 있을 때, 문득 한 도사가 나타나 별이 그려진 꽃비녀

를 손으로 흔들고, 백옥으로 만든 호리병을 공중에서 기울여 피 같은 물을 적진에 쏟았다. 그러자 왜병들의 발이 땅에 붙어 움직이지를 못하여 속절없이 조선 군사에게 죽임을 당하였다. 크게 놀란 종일은 재빨리 성안으로 도망가서 성문을 굳게 닫아걸고 나오지 아니하였다. 곧 도사는 사라지고, 이제 병사들을 수습하여 다시 진을 친 이원익과 이일은 종일을 끌어낼 방법을 의논하였다.

"종일과 같은 용맹한 장수가 있어야만 종일을 잡을 수 있을 터인데, 걱정이오."

문득 한 군사가 나서서 말하였다.

"소인의 동네에 한 양반이 있으니 이름이 김응서라 합니다. 용맹이 뛰어난 사람으로, 하루는 큰 범이 담을 넘어와 개를 물고 가거늘, 응서가 몸을 솟구쳐 범의 꼬리를 잡아 땅에 부딪쳐 죽인 적이 있습니다. 응서는 세상에 보기 드문 장사이더이다."

원익이 크게 기뻐하며 말하였다.

"네 동네가 어디냐?"

"평안도 용강입니다."

원익은 즉시 용강으로 달려갔다. 김응서를 찾아간 원익이 종일의 용맹을 이르며 가기를 청하니, 응서가 말하였다.

"나는 재주가 없을 뿐 아니라 지금 부친상을 당해 상중에 있소이다. 어찌 갈 수 있겠나이까."

"비록 상중이긴 하나, 당장 나라가 위태하니 백성 된 자가 어찌 사사로운 정을 돌아보리오."

이원익이 여러 번 가기를 청하니, 응서 할 수 없이 아버지 영전에 엎드려 크게 통곡하고는 상복을 벗고 원익을 따르더라. 하루는 응서가 말하길,

"제가 오늘 밤에 평양성을 넘어 들어가 종일의 머리를 베어 오겠소. 장군은 병사를 성 밖에 숨겼다가 제가 신호하면 공격하소서."

하고는, 비수를 품고 성을 넘어 들어갔다. 응서는 적병이 조는 틈을 타 소리 없이 군막을 지나 드디어 관문에 다다르니, 군사들 십여 명이 큰 칼을 좌우에 세우고 졸고 있었다. 응서는 군사들을 차례로 다 베어 넘기고 적장의 군막에 가까이 다가갔다. 등불이 휘황찬란한데 웬일인지 인적은 없었다. 이상하다 여겨 주저하고 있던 차에, 마침 기생 하나가 오줌을 누러 나오다가 응서를 보고는 자지러지게 놀라며 말하였다.

"어떤 사람이기에 이 위험한 곳에 들어왔소?"

"나는 조선의 장수다. 지금 적장 종일을 죽이려고 하나니, 네가 진정 조선 사람이라면, 나라를 위하여 적장의 동정을 자세히 알려 달라."

"종일은 조심성이 많은 사람입니다. 장막 안 사면에다 비단 휘장을 드리워 놓고, 휘장 끝에다 방울을 달아 조금이라도 움직이면 소리가 나게 해서 만일의 사태를 방비합니다. 또 삼경이 되기 전에는 귀로 자며 눈으로 보고, 삼경이 지난 뒤에는 눈으로 자며 귀로 듣고, 사경이 되면 귀와 눈이 모두 자고 보지 아니합니다. 그러니 제가

먼저 들어가 종일이 잠들기를 기다렸다가, 방울을 솜으로 다 막고 나올 것이니, 그때 장군이 들어가소서."

기생이 들어가더니, 조금 있다가 밖으로 나오며 응서에게 손짓을 하였다. 응서가 재빨리 들어가 보니 종일은 술에 취한 채 한 손엔 장검을, 다른 한 손엔 긴 창을 들고 침대에 누워 자고 있었다. 응서가 급히 칼을 들어 종일의 머리를 한 번 찍고 몸을 날려 들보 위에 올라가 앉으니, 종일은 제 머리가 바닥에 떨어지는 데도 몸은 벌떡 일어나 손에 든 보검으로 들보를 치니, 응서의 군복 한 자락이 맞아 떨어져 나갔다. 한 번 칼과 창을 휘두른 종일은 결국 머리와 몸이 따로 침대 아래에 거꾸러지는지라. 응서가 들보에서 내려와 종일의 머리를 들고 나오니, 기생이 울면서 말하였다.

"장군은 소녀를 이대로 버리고 가시려 합니까?"

응서가 그 기생을 가엾이 여겨 데리고 나오는데, 그제야 종일에게 일이 생긴 줄 알고 적진이 요란하였다. 적병이 일시에 횃불을 밝혀 대낮처럼 환하니, 군사들이 창검을 들고 달려들며 고함을 질렀다. 응서가 기생의 손을 꽉 잡으며,

"내 손을 죽어도 놓지 마라."

하고, 칼을 휘두르며 앞으로 달려들었다. 그렇게 응서가 성 밑에 다다랐을 때 평의지가 칼을 들고 크게 욕하며 말하길,

"네놈이 우리 장수를 죽이고 감히 어디로 가려 하느냐."

하며 달려들거늘, 응서가 힘을 다하여 맞서 싸웠다. 응서의 칼이 닿는 곳에 도적의 머리 낙엽처럼 떨어지니, 평의지도 어찌지 못하여 물러서더라. 응서가 드디어 성을 넘으려 하는데, 응서가 아무리 용맹하다고 하나 기

생을 업고 무수한 도적을 대적하다 보니 기력이 다 떨어져 버렸다. 응서는 먼저 기생의 허리를 전대로 매어서 성 밖으로 넘기려 했으나, 그걸 본 평수맹이 달려들어 기생을 베고 응서까지 죽이려 하니, 응서 크게 노하여 한칼에 평수맹을 베어 버렸다. 적병이 모두 놀라 사방으로 도망하였다. 응서가 도적 수십을 더 베고 나서 비로소 성을 넘었다.

응서가 성 밖으로 나오자 부장 안일봉이 군사를 거느리고 매복하고 있다가 반갑게 맞이하였다. 이원익이 크게 기뻐하여 응서의 공을 칭찬하고 종일의 머리를 높은 깃대에 달아 호령하니, 장졸들의 함성소리가 적진에까지 들리더라. 행장이 이를 부득부득 갈며 말하였다.

"너의 간사한 꾀로 우리 장수를 죽였으니 이는 불의라. 내 기필코 조선의 사람과 짐승까지 다 죽여 분을 풀리라."

정읍현감으로 있던 이순신이 전라도 수군절도사에 부임하였을 때, 왜란이 일어날 조짐을 알고 배를 새로 사십 척을 지으니, 배의 생김새는 거북 같고, 쇳조각을 배 위에 입히고, 좌우에 구멍을 뚫어 벌집 모양으로 만들었다. 이름을 거북선이라 하고, 화약을 준비하여 해전을 연습하였다.

드디어 왜란이 터지니, 적병은 먼저 경상도에서 원균의 수군을 깨뜨렸다. 이에 원균이 군관 이영남을 보내 이순신에게 구원을 요청하였다. 순

※ 영전(靈殿) — 죽은 사람의 위패를 놓은 곳.
※ 사경(四更) — 하룻밤을 오경(五更)으로 나눈 넷째 부분. 새벽 한 시에서 세 시 사이이다.
※ 들보 — 집을 지을 때 큰 기둥과 기둥 사이를 연결하던 굵은 통나무.
※ 전대(纏帶) — 돈이나 물건을 넣어 허리에 매거나 어깨에 두르기 편하게 만든 자루.

신이 부하 장수들을 불러모아 의논하는데, 군관 송희립이 말하였다.

"경상도를 지키지 못하면 전라도를 어찌 보전하겠습니까."

순신이 그 말이 옳다 하고, 우수사인 이억기와 더불어 나아가니 견내량에서 적선 수백 척을 만나게 되었다. 왜적의 수군대장은 마다시와 심안둔이었다. 순신이 신속하게 작전 명령을 내렸다.

"이곳은 물이 얕고 물목이 좁으니 큰 바다로 유인하여 승부를 가리리라."

순신은 전선을 재촉하여 바다 넓은 곳으로 깃발을 휘두르며 나아갔다. 왜선이 순신을 따라 넓은 바다로 나오자, 순신은 부하들에게 명령하여 왜선을 향하여 일시에 불화살을 쏘아 보냈다. 그러자 하늘 가득 불꽃이 타오르며 바다가 환하였다. 갑작스런 순신의 공격에 당황한 왜선이 패하여 달아나는데, 순신이 활을 쏘아 도적을 무수히 죽이고, 또 만나는 도적마다 풀을 베는 듯하니 남은 도적이 겨우 달아나더라.

이때, 마다시의 아우 마득시는 본진에 있다가 저의 형이 죽는 걸 보고, 복수를 하려고 이날 밤에 다시 전선을 거느리고 나왔다. 마득시가 순신의 진에 이르러 고함하거늘, 순신이 군사를 지휘하여 불화살을 쏘며 적진을 깨치니, 적군이 죽는 자 무수하고, 마득시 또한 전선을 수습하여 도망쳐버렸다. 드디어 순신이 승전고를 울리며 본진으로 돌아오더라.

하루는 순신이 장수들을 불러 말하길,

"오늘은 동남풍이 부는 것을 보니 도적이 반드시 불을 놓을 것이오. 우리가 준비하였다가 되받아 쳐야겠소."

하고, 또 녹도만호 정운에게 말하길,

"전선 십여 척을 거느리고 나가되, 초인을 많이 만들어 병사들이 있는 것처럼 방패로 세우라. 또 청룡이 그려진 대장기를 꽂고, 전에 싸우던 곳에 배를 대놓고 있으라."

하며, 또 이억기에게 말하길,

"십 리만 나아가면 작은 섬이 있을 것이니, 그대는 전선 오십 척을 거느리고 그곳에 매복하였다가 적선이 노량도에 오거든 사살하시오."

하고, 순신도 스스로 수십 척을 거느리고 적의 갈 길을 끊었다.

과연 마득시가 동남풍이 일어나는 것을 보고는 크게 기뻐하며 불 놓을 준비를 하였다. 작은 배 수십 척을 준비하여 거기에 마른 나무를 많이 싣고 출전 준비를 서두르는 것이었다. 드디어 화약을 배에 가득 싣고 전선 백여 척을 거느리고 나아가 전날 싸우던 곳에 와 보니, 조선 배 수십 척이 보였다. 마득시는 불화살과 조총을 무수하게 쏘아 댔다. 그런데 조선 배에서는 군사들이 불에 타고 총을 맞는데도 아무 소리가 들리지 않았다. 마득시가 더럭 의심이 나서 가까이 가 보니 배 위에 있는 것은 초인들이었다. 함정에 빠진 줄 알고 마득시가 급히 뱃머리를 돌리는데, 사방에서 함성이 일어나며 화포와 불화살이 비 오듯 쏟아지는지라. 숨어 있던 조선 병사들이 일어났으나, 마득시는 초인을 쏘느라 화살과 총알이 다 떨어져 변변히 맞서 싸우지도 못하였다. 마득시는 군사를 반수 이상 잃고 남쪽으로 달아나는데, 그때 조선의 대장선이 다가왔다. 그 배에는 큰 깃발

※ 물목 — 물이 흘러 들어오거나 나가는 어귀.

※ 승전고(勝戰鼓) — 싸움에 이겼을 때 울리는 북.

※ 초인(草人) — 풀로 사람의 크기로 만든 인형. 싸움터에서 적을 속이기 위해 종종 사용했다.

이 펄럭이고 있었는데, 자세히 보니, '조선 수군대장 이순신'이라 써 있었다. 순신이 마득시가 탄 배에 뛰어올라 적병을 무수히 죽이고, 막 마득시를 베려 하는데, 문득 철환이 하나 날아와 왼쪽 어깨에 박혔다. 순신이 어쩔 수 없이 본선에 올라 군사를 거두니, 마득시가 겨우 군사들을 수습하여 거제로 달아나니라.

순신이 본진에 돌아와 갑옷을 벗고 보니 철환이 두 치나 들어가 있었다. 순신은 낯빛 하나 변하지 않고, 술을 네다섯 잔 먹은 후에 부하 장수에게 명하여 잘 드는 칼로 어깨를 헤치어 총알을 꺼내게 하였다. 그러는 동안에도 평소와 다름없이 웃고 이야기를 나누니, 뉘 아니 놀라지 않으리오. 장수들이 몸조리하기를 청하자 순신이 말하였다.

"대장부가 조그마한 상처를 두려워하리오."

이러고는 곧바로 한산도로 나아가 진을 치며 조정에 장계를 올리더라. 선조 임금이 보고를 받고 크게 기뻐하며 순신의 벼슬을 높여 주고자 하나, 반대하는 사람이 많은지라. 할 수 없이 이순신에게는 정헌대부를, 원균에게는 가선대부를 주어 품계를 올렸다.

이순신은 한산도에서 군사를 훈련하다가 하루는 낮에 갑자기 졸음이 몰려와 잠깐 졸았다. 꿈에 한 노인이 나타나 말하길,

"장군은 어찌 그리 잠을 깊게 자느뇨? 도적이 지금 들어오니, 빨리 방비

하라."

하고 소리를 지르거늘, 순신이 놀라 깨어 보니 벌써 밤이었다. 순신이 선창에 나와 보니 병사들이 모두 깊이 잠들어 있었다. 순신이 북을 울려 장졸들을 깨우고, 장수들에게 말하였다.

"왜적이 간사하여 우리가 쉬는 틈을 타 기습하려 하니, 모두들 무기를 준비하여 대비하라."

조금 있으니 정말로 왜선 백여 척이 빠르게 몰려 나아오거늘, 조선 수군이 포를 쏴 다른 배에 알리니, 다른 배들도 포를 쏴서 대비하였다. 왜군이 기습에 실패했음을 알고 급히 뱃머리를 돌리니, 순신은 때를 놓치지 않고 빠른 배를 몰며 뒤를 쫓아 적선 십여 척을 부수고, 왜병 백여 명의 머리를 베어 버렸다. 이때부터 왜적이 조선 수군의 무서움을 알고 쉽게 덤비지 못하더라.

※ 치 — 길이의 단위. 한 치는 한 자의 10분의 1 또는 약 3.03cm에 해당한다.
※ 선창(船艙) — 물가에 다리처럼 만들어 배가 닿을 수 있게 한 곳.

온 나라 곳곳에서 의병이 일어나다

왜장 가등청정이 함경도를 점령하고 있으면서 백성들을 살해하고 약탈하는데도 아무도 막을 자가 없었다. 이때 북병사 정문부와 갑산부사 이유익은 적을 피해 도망하여 백두산에 숨어 있었는데, 정문부가 의병을 일으키고자 하나 따를 사람이 없어 탄식만 하였다. 그러다 문득 생각하되,

'혹시 산으로 피난한 사람 중에 의기 있는 이가 있을지 모르니 함께 의논하리라.'

하고, 백두산 곳곳을 찾아다녔다. 한 곳에 이르러 보니 사람 수백 명이 모여 술과 고기를 차려 놓고 잔치를 하고 있었다. 문부가 사람들 속으로 나아가 인사를 하고 말하였다.

"세상은 온통 난리 중인데 어찌 이렇게 술을 마시며 즐거워한단 말이

오. 나는 북병사 정문부라 하오. 지금 나라를 위하여 충의 있는 사람을 얻고자 다니던 중에, 뜻밖에 여러 분을 만나니 이는 하늘의 뜻인 듯하오. 그대들도 다 조선의 백성으로 분명히 억울하고 분한 마음이 있을 것이오. 그러니 충의를 다하여 나와 더불어 나라를 되찾는 것이 어떠하오. 한 사람은 힘이 부족하여 성공하지 못하려니와, 여러 사람이 힘을 합치면 무엇인들 못하리오. 국난을 당하여 앉아서 죽기만 기다린다면 신하 된 도리가 아니니 거듭 생각하오."

그중 고경진이란 사람이 있어 스스로를 의병장이라 칭하고, 피난하는 사람을 모아 떼를 지어 다니며 백성들의 재물을 강제로 빼앗는 등 밤낮으로 사람들을 못살게 하였다. 이날 문부의 이야기를 듣던 고경진은 스스로가 너무 부끄럽고 한심스러워 말없이 가만히 있었다. 문부가 그 속을 눈치채고 다시 부드럽게 타이르며 말하였다.

"옛날 제나라가 연나라에 패하여 성 칠십여 개를 잃고 백성은 모두 노예가 되었는데, 뒷날 전단이 충성을 다하여 성을 되찾고 백성도 평안해졌소. 전단의 꽃다운 이름이 후세에 길이 전해지고 있으니 우리도 전단을 본받음이 어떠하오?"

고경진과 무리들이 정문부의 말을 듣고 크게 감동하여 함께 싸우기를 원하였다. 문부가 크게 기뻐하며 사람을 세어 보니, 군사로 뽑아 쓸 사람

※ 의병(義兵) — 외적의 침입을 물리치기 위하여 백성들이 자발적으로 조작한 군대 또는 그 군대의 병사.
※ 의기(義氣) — 정의감에서 우러나오는 기개.

은 겨우 오백여 명이었다. 문부와 경진은 소와 돼지를 잡고 글을 지어 하늘에 제사를 지내었다.

　조선국 함경도 북병사 정문부 등은 이제 의병을 일으켜 왜적을 소탕하고 나라를 다시 일으키고자 하옵니다. 바라옵건대 하늘은 굽어살피시어 싸우면 반드시 이기고, 공격하면 반드시 얻는 게 있게 도와주소서.

　제사를 마치니, 정전부윤 강의재가 비단 열다섯 필로 큰 깃발을 만들어 왔다. 깃발에는 '의병장 정문부'라 쓰고, 군사들의 모자에는 '충의(忠義)' 두 글자를 새겨 붙이고 무기를 수습하였다.
　문부가 의병을 이끌고 회령으로 들어가니, 의병이 온다는 말을 듣고 용기백배한 회령 백성들이 힘껏 싸워 왜장 경감로를 쳐 죽였다. 문부가 회령성에 들어가 각 고을에 격문을 전하였다.

　의병장 정문부는 이제 충성스러운 선비들을 거느리고 함경도 지역을 되찾고자 한다. 도적을 모두 소탕하고 종사를 받들고자 하니, 격문이 이르는 날 때를 살펴 함께하라.

　회계첨사 고경인은 군대를 거느리고 일어나 회령, 경성에서 배신자 국경인을 베었다. 갑산부사 이유익까지 군사를 모집하여 회령으로 들어와 힘을 합하니 군사가 이만여 명이나 되었다. 군사들이 함흥에 이르러 성을 에워싸고, 남문에서는 대포를 쏘고, 북문에서는 아군과 소식을 통하고,

서문에서는 함성을 지르고, 동문에선 화살을 쏘아 대니 청정이 크게 놀라 동문으로 달아나더라. 이를 보고 문부가 앞뒤에서 협공하니 청정이 문으로 다시 들어가고자 하나, 백성들이 남은 도적을 죽이고 성문을 닫아 들여보내지 아니하니, 청정이 결국 서북쪽으로 도망하였다. 문부 등이 승승장구하여 함흥성을 되찾고 백성들을 위로하니라.

이때, 왜장 선강정은 회양에서 노략질을 하다가, 금강산 유점사에까지 들어가서 승려들을 모아 놓고 절에 있는 재물을 다 내놓으라고 협박하였다. 승려들이 당황하여 절에 있는 재물을 찾아 내놓으니 도적이 가져가더라. 그런데 문득 한 중이 나타나 왜장을 향하여 인사를 하는 것이었다. 선강정이 눈을 들어 바라보니, 호랑이 눈에 사자의 뺨을 가진 이였다. 보통 중이 아닌 줄 알고 마주 합장하니, 그 중이 소매 안에서 작은 봉투를 꺼내어 주며 말하였다.

"산중엔 별미가 없소이다. 다만 귀한 차 한잔 드리니, 장군은 사양하지 마시오."

"그대를 보니 보통 중이 아닌 듯싶소이다."

선강정이 중에게 이름을 물으니 '유정'이라 답하거늘, 유정에게 부탁하여 두 사람은 안변에 있는 청정을 만나러 갔다. 선강정이 안변에 이르러 청정을 보고 말하길,

---

※ **용기백배**(勇氣百倍) — 격려나 응원 따위에 자극을 받아 힘이나 용기를 더 냄.
※ **노략**(擄掠)**질** — 떼를 지어 돌아다니며 사람을 해치거나 재물을 강제로 빼앗는 짓.
※ **별미**(別味) — 특별히 좋은 맛. 또는 그 맛을 지닌 음식.

"이 사람은 보통 중이 아니니 곁에 두고 대사를 의논하소서."

하더라. 그러던 하루는 유정이 청정에게 물었다.

"일본과 조선은 이웃이거늘 어찌 침략한 것이오?"

"조선이 우리의 명을 따르지 않아 이리되었소. 지금이라도 조선이 우리를 위해 선봉이 되어 명나라를 치고 왜국를 섬기면 전쟁은 없을 것이오."

유정이 듣고는 낯빛을 바꾸어 말하였다.

"명은 천자의 나라요, 일본은 남의 나라를 넘보는 도적이라. 어찌 대국을 배반하고 소국 도적을 섬기겠는가."

청정이 이 말을 듣고는 크게 노하여 부하 장수에게 유정의 목을 베라하였다. 무사들이 유정의 팔을 잡아 끌어냈지만 유정은 조금도 두려워하는 기색이 없었다. 유정이 말하길,

"장군은 나의 말 한마디에 그토록 노하니 속 좁은 도적이 맞도다."

하고, 태연히 따라가더라. 청정이 문득 깨닫고 유정을 이끌어 장막으로 들어가더니 간곡히 사죄하였다.

이튿날 유정이 청정에게 말하였다.

"선강정이 삭령으로 간다 하니 아마도 경기감사 심대를 죽일 것입니다. 내가 심대와 친하므로 나아가 구하고자 합니다."

"그대는 이곳에 있으면서 어찌 그걸 아느뇨?"

"장부가 비록 만 리 밖은 헤아리지 못하나 천 리 밖이야 어찌 모르리오."

청정이 처음에는 믿지 아니하다가, 얼마 안 되어 선강정한테서 심대를 베었다는 편지가 오거늘, 청정이 크게 놀라 말하였다.

"그대는 진실로 고귀한 사람이라. 이렇듯 군대 안에 머무는 것이 어려우니 절에 돌아가 도를 닦으시라."

유정은 청정과 이별하고 유점사로 돌아왔다. 돌아오자마자 유정은 백여 명의 승려들을 모아 놓고 말하였다.

"우리가 비록 중이나 또한 조선 백성의 자손이다. 내 이제 국은을 갚으려 하니, 너희도 모두 따르라. 만약 어기는 자가 있을 때엔 내가 먼저 베리라."

승려들이 한마음으로 결의하고 깃발을 만들어, '의병장 유정'이라고 크게 써넣었다. 아울러 금강산의 여러 절에 격문을 보내 승군을 모으니, 천여 명이 모였다. 드디어 유정이 승군을 거느리고 고성에 들어가 무기를 챙긴 다음 평양으로 향하였다.

경상도 남해 땅에 곽재우가 있으니, 지혜와 용맹이 남다른 사람이었다. 난리가 나자 의병 수백 명을 모집하여 바닷가로 나아가 적선 십여 척을 깨부수고 가덕도로 갔다. 가덕도에 도착한 곽재우는 가덕첨사 정응남을 부장으로 삼고 창고를 열어 군민을 부르니 여러 날 만에 만여 명이 모이더라.

마침 적장 안국사가 군사를 보충하여 의령을 공격하려 하였다. 하지만 물이 깊어 쉽게 강을 건너지 못하였다. 안국사는 군사들이 빠질까 걱정되어 물이 깊은 곳은 나무로 표시를 해 두었다. 재우가 그 사실을 알고 가만히 사람을 보내 그 표를 뽑아서 얕은 곳에 꽂아 놓고 군사를 몰래 숨겨 두었다. 과연 왜적이 그날 밤에 강을 건너오다가 많이 빠져 죽으니, 재우가 숨겨 놓은 군사를 일시에 내몰아 허우적대는 왜적들까지 베어 넘기니, 안

국사가 견디지를 못하고 물러나더라. 재우는 달아나는 적을 뒤쫓지 말라 하고, 무기와 말만 거둬서 돌아왔다.

저녁때 재우가 군사들을 모아 놓고 말하길,

"안국사가 반드시 밤에 습격할 것이다. 방심하지 말라."

하고, 군사를 두 편으로 나누어 매복하고 기다렸다. 과연 안국사가 그날 밤에 쳐들어 왔으나, 곽재우의 진은 텅 비어 있었다. 안국사가 재우의 꾀에 빠진 줄 알고 급히 물러나려 할 때, 재우의 군사가 내달아 치니 크게 패하여 강을 건너 달아나니라. 재우가 군사를 몰아 강가에 말뚝을 죽 잇따라 박아 울타리를 세우고, 굳게 지키어 왜적이 의령으로 들어오지 못하게 하니라. 조정에서 이 소식을 듣고 크게 기뻐하여 재우에게 벼슬을 주어 공로를 표창하였다.

왜적이 온 나라에 가득하니 곳곳에서 의병이 들고 일어났다. 경상도 군위 땅의 좌수인 강사진이 의병을 모아 도적 칠백 명을 죽이고, 충청도 대흥사의 중인 국운도 승군을 거느리고 청주를 굳게 막고 지키며 왜장 길인걸과 왜병 천여 명을 죽였다. 종친인 이경삼은 신계에서 도적을 격파하였다.

광주 땅 김덕령의 의병은 특히 볼만하였다. 덕령은 삼백 명의 재인과 무사 백 명을 모집하였는데, 재인들에게는 다섯 색깔의 옷을 입히고 저마다 창을 주어 전라도와 충청도를 왕래하게 하였다. 재인군은 왜적을 만나면

※ 재인(才人) ― 재주가 있는 사람. 조선 시대 광대의 다른 이름.

평지에서 땅 재주넘기, 말 위에서 뛰놀기, 몸을 날려 공중으로 올라갔다가 빙글 돌아 내려오기 같은 재주를 선보였다. 온갖 화려한 색의 옷을 입고 보기 힘든 재주를 부리니, 왜병들이 괴이하게 여기며 서로에게 이르기를,

"진실로 신병이로다."

하고, 번번이 만나면 피하더라.

한·중·일 세 나라의 실존 인물들을 소개합니다!

『임진록』은 임진왜란이라는 실제 역사를 다룬 작품답게 수많은 실존 인물들이 나옵니다. 조선뿐 아니라, 중국과 일본의 인물들도 실존 인물들이 대부분입니다. 등장인물이 실존 인물이라고 해서, 작품 내용까지 실제 역사와 일치하는 것은 아닙니다. 같은 부분도 있고, 지어낸 부분도 있으니, 오해하면 안 됩니다.

자, 그럼 그 사람들이 누구누구이고 실제 임진왜란 때 어떤 일을 했는지 한번 살펴볼까요?

조선

1 유성룡 | 柳成龍

본래 좌의정과 병조판서를 겸하고 있다가, 임진왜란이 일어났을 때 도체찰사에 임명되어 군사에 관한 업무를 총괄하였다. 전쟁 전에는 이순신, 권율 등을 중요 요직에 추천하여 전쟁에 대비하였다.

2 권율 | 權慄

임진왜란 초기인 1593년, 행주산성에서 왜군을 크게 물리쳤고, 이때의 공으로 두 차례나 도원수로 임명되어 조선군을 이끌었다.

3 이순신 | 李舜臣

임진왜란이 일어났을 때 전라좌수사로 일본 수군이 서해 바다로 가는 것을 막았고, 나중에는 삼도수군통제사가 되어 조선 수군을 총지휘했다. 왜적과 스물세 번 싸워 모두 승리했고, 1598년 퇴각하는 왜군을 쫓다가 노량에서 전사하였다.

4 이항복 | 李恒福
5 이덕형 | 李德馨

이항복은 임진왜란 기간 동안 다섯 번이나 병조판서를 지냈다. 이덕형은 일본과 화의 교섭도 하고, 정유재란 때는 명나라를 설득하여 서울 방어에 성공하기도 하였다. 오성(이항복)과 한음(이덕형)으로 더 유명하다.

싸우다 죽으나 물에 빠져 죽으나 죽는 건 매한가지라. 죽기로 싸우자!

왜적이 깊숙이 들어와 상황이 위급하니 장차 어찌한단 말이오?

6 김응서 | 金應瑞

조선 중기의 무장으로, 본래 이름은 김경서이다. 제1차 평양성 전투에서 대동강을 건너려던 일본군을 막았고, 1593년에는 명나라 이여송과 함께 조명 연합군을 이끌고 제4차 평양 전투에서 평양성을 탈환하였다.

7 정문부 | 鄭文孚

조선 선조 때의 문신으로, 임진왜란이 일어났을 때 함경북도 경성에서 이붕수 등과 의병을 일으켜 국경인의 반란을 진압하였다.

8 김덕령 | 金德齡

전라도에서 활약한 의병장이다. 작품 속 내용과 달리 전쟁 초기가 아닌 일본군이 후퇴한 뒤에 의병으로 나섰기 때문에 전투에서 얻은 공은 별로 없다. 하지만 많은 사람들의 신뢰를 얻고 있었다.

9 곽재우 | 郭再祐

임진왜란이 일어나고 열흘 만에 경상도 의령에서 처음으로 자기 재산을 털어 의병을 일으킨 인물이다. 붉은 옷을 입고 전투에 나선다고 해서 '홍의(紅衣)장군'이라 했다.

10 휴정대사 | 休靜大師

임진왜란이 일어나자 승병을 조직하여 싸웠다. '서산대사'라고 많이 알려져 있다. 뒤에 나오는 유정(사명당)의 스승이다.

11 논개 | 論介

진주성 2차 침입 당시 성이 함락되자, 촉석루에서 왜장을 끌어안고 강에 뛰어들었다고 알려진 기생이다.

12 유정 | 惟政

휴정대사의 제자로, 묘향산에서 공부하였다. 우리에게는 '사명당'으로 더 알려져 있다. 임진왜란 당시 휴정대사와 함께 승병을 이끌고 여러 전투에서 참여했고, 명나라 군대와 협력하여 평양성을 되찾는 데 큰 공을 세웠다. 전쟁이 끝난 뒤 1604년에는 일본에 사신으로 파견되어 도쿠가와 이에야스를 만나 조선인 포로 3500여 명을 데리고 돌아왔다.

내 비록 기생이나 나 또한 조선의 백성이라.

13 계월향 | 桂月香

임진왜란 때 적장을 유인하여 김응서로 하여금 목을 베게 한 후 자결하였다고 한다.

14 강홍립 | 姜弘立

조선 중기의 무신으로, 이 작품과는 달리 임진왜란 때의 활약은 거의 없고, 주로 광해군 때 활동하였다. 광해군의 명을 받고 후금(여진족)을 치러 갔다가 패하여 9년 동안 포로 생활을 하였다.

군사를 물리지
않으면 황제께서
너희의 씨를 말릴
것이다!

왜국은 조총만 믿고
있으니, 우리가
화포를 쏘면 될
것이오. 적이 어찌
당하리오!

명나라

1 이여송 | 李如松

조승훈 다음으로 조선에 들어온 명나라 장
수이다. 조선군과 협력하여 평양성을 되찾았
으나, 이에 자만하여 벽제관 전투에서는 크
게 패하고 말았다. 이후 전투보다는 강화 협
상에 집중했다. 명으로 돌아간 뒤 요동 총병
으로 임명되어 타타르 침공군과 맞서 싸우다
전사했다.

2 진린 | 陳璘

명나라 해군 도독으로 이순신과 함께 노량해전
에서 싸운 장수이다.

3 심유경 | 沈惟敬

일찍이 일본 상인들과 도자기를 사고파는 일
을 하던 사람이었다. 그래서 임진왜란 당시 명
나라 사신으로 주로 일본과 협상하는 역할을
맡았다. 일본과 협상하는 과정에서 자신의 공
을 높이기 위해 일본 쪽 요구 사항을 거짓으로
전달하는 등, 명나라 조정을 속인 것이 밝혀져
나중에 죽임을 당한다.

4 조승훈 | 祖承訓

요동 지역에서 꽤 이름난 장수로, 오랑캐와
전투에서 공을 많이 세운 사람이다. 명나라
황제의 명으로 3500여 명의 군사를 이끌고
조선에 들어왔으나, 평양성 전투에서 패한
뒤 후퇴하였다.

일본

1 평수길 | 豊臣秀吉 도요토미 히데요시

백 년 간의 전국 시대를 끝내고 일본을 통일한 인물로, 본래 이름은 '기노시타 도키치로'이다. 1586년부터 '풍신(豊臣, 도요토미)'을 성으로 썼다고 하고, 그 전에는 '평(平, 다이라)' 씨로 성을 삼았다고 한다. 임진왜란과 정유재란을 일으켰으나 끝내 전쟁이 끝나는 것을 보지 못하고 병들어 죽었다.

2 가등청정 | 加藤淸正 가토 기요마사

평수길을 도와 일본 통일에 기여한 무장이다. 임진왜란 당시 선봉장으로 참여했고, 나중 평행장과 강화 협상에 대한 의견 차이를 보이며 대립한다.

3 평행장 | 小西行長 고니시 유키나가

평수길 휘하의 무장으로, 임진왜란 당시 가등청정과 함께 선봉장을 맡았다. 가등청정과는 달리 전쟁이 길어지자 전투보다는 협상을 통해 전쟁을 끝내려고 했다. 노량해전에서 이순신에게 죽을 뻔하다가 겨우 도망쳤고, 일본으로 돌아간 뒤, 도쿠가와 이에야스와 싸워 지고 도망하다 죽었다고 한다.

4 평의지 | 宗義智 소 요시토시

평행장의 사위이자 평수길의 심복이다. 대마도(쓰시마 섬)의 도주로, 임진왜란 전에 사신으로 조선에 와서 통신사를 요청한 적이 있고, 1598년에도 평수길의 강화 요청서를 가지고 조선에 왔다.

5 평조신 | 柳川調信 야나가와 시게노부

임진왜란 전에 평의지, 승려 현소와 함께 사신으로 조선에 온 적이 있고, 평의지의 명을 받고 일본과 조선을 왕래하기도 하였다.

내 이제 조선을 치고 명나라까지 통합할 것이다!

이제 와서 어찌 빈손으로 돌아가리오. 이여송의 목을 베어 오라!

거짓으로 군사를 물려 조선 군사를 유인해 올 테니, 장군들은 숨었다가 일시에 공격하시오.

이여송이 대군을 몰아 조선으로 향하니라

조승훈이 돌아간 뒤 명나라 구원병은 다시 나올 생각이 없는 듯하였다. 선조 임금이 근심하여 이덕형을 청병사로 삼아 명나라에 보냈다. 덕형은 먼저 명나라 병부상서인 석성에게 구원병을 청하였다. 석성이 이 사실을 황제께 아뢰자, 황제가 덕형을 불렀다. 덕형이 울며 말하였다.

"신의 나라가 왜란을 만나 국왕이 종사를 버리고 의주에 와 몸을 감추고 있습니다. 왕과 신하들이 밤낮으로 통곡을 하며 오로지 천병만 기다리고 있사오니, 엎드려 바라옵건대, 폐하께서는 덕을 내리시어 조선이 회복하기를 살펴주소서."

"앞서 조승훈을 보냈더니, 조선이 군량을 대지 못해 군사가 굶주려서 패하고 돌아왔다는구나. 너의 국왕이 불쌍하여 다시 대군을 보낸다고 해도 무엇으로 군사를 먹이겠느냐? 우리 또한 몇 해째 흉년이라 식량이 넉넉하지 않다. 내 생각하여 처리할 터이니, 기다리고 있으라."

하릴없이 덕형이 물러나와 맛난 음식이 나와도 먹지 아니하고 밤낮으로 근심하더라.

덕형이 기다린 지 수개월이 지났으나, 황제는 이렇다 저렇다 말이 없었다. 그러다 하루는 황제가 꿈을 꾸는데, 한 여자가 볏단을 머리에 이고 나타나 황제를 확 밀치는 것이었다. 황제가 깜짝 놀라 생각하였다.

'사람 인(人) 변에 벼 화(禾), 벼 화(禾) 아래 계집 녀(女) 하면 왜국 왜(倭) 자라. 왜적이 반드시 중국을 범할 뜻이 있도다.'

이내 또 졸음이 와서 조는데, 문득 공중에서 번개가 세 번 치고, 하늘문이 번쩍 열리더니 신령스러운 장수가 하나 내려와 서거늘, 황제가 괴이하게 여겨 물었다.

"그대는 어떤 사람인데 짐을 보려 하느뇨?"

"저는 촉한의 장수 관운장이라 하옵니다. 죄 없는 아이를 죽인 죄로 옥황상제께서 노하시어 다시 사람으로 환생하지 못하고, 외로운 넋을 조선에 의지하여 살고 있나이다. 이제 조선이 왜란을 만나 조선왕이 종사를 버리고 의주에 몸을 의지하여 위태롭기가 바람 앞에 등불 같으니, 바라건대 폐하는 은혜를 베푸소서."

"조선을 구하고자 하나 대장으로 나갈 사람을 얻지 못하여 근심하노라."

※ 청병사(請兵使) ─ 군대의 지원을 부탁하기 위하여 다른 나라에 파견된 벼슬아치.
※ 관운장(關雲長) ─ 중국 삼국 시대 촉한의 무장 관우(關羽)를 이른다. 관우의 자가 '운장'이다.

"요동제독 이여송이 마땅하외다."

말을 마치자마자 한 줄기 바람이 스치더니, 관운장이 스르르 사라져 버렸다. 꿈에서 깬 황제는 마침내 결단을 내리고, 덕형을 불렀다.

"중국이 흉년 들고 전염병마저 돌아 사람과 말이 많이 상하였다. 그래서 쉽게 마음을 정하지 못하였구나. 그러나 어이하랴. 내 너희 나라의 충성에 감동하여 왜란에서 구하고자 하니, 너는 돌아가서 기다리라."

덕형이 황제의 은혜에 감사하고 의주로 돌아와 보고하니, 선조 임금께서 크게 기꺼워하더라.

황제는 곧바로 조서를 내렸다. 병부상서 송응창을 경략으로, 병부원외랑 유황상을 찬획군무사로 삼고, 요동제독 이여송을 총대장으로 삼아, 이여백, 장세작, 양원, 낙상지, 오유충 같은 장수들을 거느리고 가게 하였다. 또한 산동 땅의 좁쌀 삼만 석과 병사는 십만 명을 뽑아 이여송에게 주었다. 이여송은 황제에게 절하고 물러나와 대군을 몰아 조선으로 향하였다.

명나라 군대가 밤낮으로 행군하여 봉황성에 이르렀다. 이여송은 의주에 있는 조선 왕에게 이 사실을 문서로 통보하였다. 선조 임금이 크게 기뻐하며 이항복을 보내니, 이항복이 명을 받고 책문까지 나가 명군을 맞이

※ **경략(經略)** — 점령한 지역을 맡아서 다스릴 권한을 맡은 관리.
※ **찬획군무사(贊劃軍務司)** — 사령관을 옆에서 돕는 관리.
※ **책문(柵門)** — 중국의 구련성(九連城)과 봉황성(鳳凰城) 사이에 위치한 곳으로 조선의 압록강에서 가까웠음.

하였다.

항복이 이여송과 함께 압록강을 건널 때였다. 문득 해오라기 한 마리가 날아가거늘, 이여송이 말 위에서 활에 화살을 메어 잡고 하늘을 우러르며 가만히 빌어 말하길,

"명나라 대도독 이여송이 황제의 명을 받자와 왜적을 치고 조선을 구하려 합니다. 만일 공을 이룬다면 해오라기가 맞아 떨어지고, 그렇지 못하면 맞지 않게 하소서."

하고, 하늘을 향해 쏘니, 해오라기가 화살을 맞고 말 앞에 떨어지더라. 이여송이 크게 기뻐하며 군사를 재촉하여 강을 건너 통군정에 자리를 잡았다. 여송이 곧 조선의 체찰사를 부르니, 조정 신하들이 어떻게 해야 할 줄 몰라 당황하였다. 이때 이항복이 체찰사를 대신하여 들어가는데, 마침 정충신이 조선 지도를 갖고 와서 항복의 품에 가만히 질러 넣더라.

항복이 군사를 따라 통군정으로 가니, 여송이 항복을 반겨 맞으며 말하였다.

"대군이 강을 건넜으니, 조선은 길을 안내하고 선봉을 서야 될 것이오. 그나저나 전투에 임하여 무슨 준비를 하였소?"

항복이 즉시 지도를 꺼내서 드리니, 이여송이 보고 칭찬하길,

"조선의 국운이 불행하여 왜란을 만났으나, 그대 같은 인재가 있으니 영 망하지는 않으리로다."

하고, 다시 묻기를,

"내 조선왕을 한번 보고자 하노라."

하니, 항복이 뭐라 대꾸를 하기도 전에 밖에서 사람이 들어와 알리었다.

"조선 국왕이 들어오시나이다."

여송이 황급히 의자에서 내려와 공손하게 인사를 하고 자리에 앉았다. 그러고는 눈을 들어 선조 임금의 얼굴을 쳐다보는데, 제왕의 기상이 보이지 않았다. 크게 의아하여 항복에게 말하였다.

"너의 조선이 참으로 간사하구나. 감히 나와 우리 황제 폐하를 업신여기는가? 감히 임금 아닌 것을 임금이라 하여 우리를 깔보니, 내 어찌 너희를 구원할 수 있겠느냐."

여송은 분한 마음이 하늘을 찌를 듯하여 부하 장수에게 퇴군하라는 명령을 내려 버렸다. 명나라 군사들이 다시 돌아간다는 소식은 빠르게 퍼져 나갔고, 이 소식을 들은 백성들이 울며 말하길,

"이제 천병이 물러가니 장차 어찌하리오."

하며, 울음소리가 진동하는지라. 이항복과 유성룡이 급히 임금께 아뢰어 청하였다.

"이제 명군이 물러가면 왜적을 막을 길이 없사옵니다. 그러니 전하께선 잠깐 통곡하소서."

선조 임금이 듣고 곧 큰 목소리로 울음을 내놓으니, 이여송이 군막에서 이 소리를 듣고는 의아하여 부하 장수에게 물었다.

"어인 곡소리인가?"

"우리가 퇴군한다는 소식을 듣고 조선왕이 울고 있습니다."

"이는 용의 울음과 같지 않느냐? 이는 분명 왕의 울음이라. 내가 감히 구하지 않을 수 없구나."

여송은 곧 장수들에게 명하여 퇴군하라는 명을 거두었다.

여송이 선조 임금을 좋은 말로 위로하고, 즉시 의주를 떠나 성남에 이르러 진을 쳤다. 유성룡이 여송과 함께 일을 의논하는데, 제독이 정중히 의자를 내주고, 왜적의 형세를 자세히 물었다. 성룡이 정성껏 대답하고, 이어 평양 지도를 드리니, 여송이 지도를 자세히 보고 나서 성룡에게 말하였다.

"왜국은 조총만 믿고 있으니, 우리가 화포를 쏘면 될 것이오. 한번 쏘면 포탄이 오륙 리를 날아가니, 적이 어찌 당하리오."

여송은 평양을 치기 전에 먼저 부총병 사대수를 순안에 보내 이런 소문을 내게 하였다.

"명나라 황제가 이미 화친을 허락하였고, 강화를 위해 심유경이 곧 도착할 것이다."

이 소문을 들은 평행장이 몹시 기뻐하며 서로를 축하할 때에, 왜국 승려 현소가 이런 글까지 지었다 한다.

일본이 중국을 항복받으니
온 세상이 한집이라.
기쁜 기운이 능히 눈을 녹이니
하늘과 땅이 태평하도다.

※ 기상(氣像) — 사람이 타고난 기개나 마음씨. 또는 그것이 겉으로 드러난 모양.
※ 강화(講話) — 싸우던 두 편이 싸움을 그치고 평화로운 상태가 됨.

이때가 계사년(1593년) 정월 초하루였다.

평행장이 부하 장수인 평호란에게 군사 삼십 명을 거느리고 순안에 가서 심유경을 맞으라 하였다. 하지만 사대수는 평호란을 맞아 잔치를 열어 술을 먹인 뒤 목을 베어 버렸고, 따라온 군사도 모조리 죽이는데, 그중 두어 명이 달아나 이 일을 행장에게 알리니, 비로소 천병이 온 것을 알고 두려워하더라.

여송은 안주를 떠나 순안에 이르러 군사를 쉬게 하고, 이튿날 대군을 휘몰아 평양성을 에워싸고 치니, 적이 조총을 쏘고 돌덩이를 어지럽게 날리며 맞섰다. 명군 또한 화포를 놓으니 연기와 불꽃이 하늘에 가득하여 성안 곳곳에 불이 일어났다. 이때 명군 장수 낙상지가 용사 육백 명을 거느리고 일제히 성곽 위에 뛰어오르니, 적이 당해 내지 못하고 안쪽 성으로 도망하였다. 이 틈을 놓치지 않고 낙상지 등이 뒤를 따라 적을 모두 죽이니라. 제독이 또한 대군을 몰아 안쪽 성을 에워싸니, 적이 성 위에서 조총을 쏘며 돌을 굴리는 바람에 천병이 많이 다치는지라. 그러자 여송이 군사를 거둬 성 밖에 진을 치고 장수들을 불러 모아 말하였다.

"궁지에 몰린 도적은 함부로 쫓지 말라 하였소. 평행장이 스스로 달아나게 하고 뒤를 치면 크게 이기리라."

평행장은 천병이 물러간 것을 보고는 장수들을 불러 의논하여 말하길,

"이여송은 지혜와 용기를 고루 갖춘 듯하고, 명군 또한 날쌔니 대적하기 어렵소. 어찌하면 좋겠소?"

하니, 평조신 얼른 대답하였다.

"지금은 싸우지 말고 성을 굳게 지키는 것이 좋을 듯합니다. 이여송은 군

104

량이 떨어지면 자연히 물러날 테니, 그때 뒤를 들이쳐 깨뜨리면 됩니다."

하지만 평행장은 고개를 저었다.

"굳이 빈 성을 지키고 있다가 명군이 조선군과 합쳐서 들이치면 더욱 당하기 어려울 것이오."

결국 행장은 명군이 물러난 틈을 타 대동강을 건너 한양으로 도망하였고, 다음날 제독은 왜적이 달아난 걸 알고 성안으로 들어가니라. 평행장은 한양으로 가던 중에 의병장 유정을 만나 또 한 번 크게 패하게 된다.

한강을 건너 남쪽으로 물러나는 왜적들

의병장 고충경이 황해도의 도적을 많이 죽였다. 호승 도정은 풍천에서 구월산으로 들어가 도적의 동정을 탐지하던 중, 마침 중 셋이 지나기에 이들을 불러 물었다.

"여기는 왜적이 출몰하는 곳인데, 너희가 이리 함부로 다니는 것을 보니 뭔가 사연이 있구나?"

한 승려가 눈물을 뚝뚝 떨구며 대답하였다.

"소승은 금강산의 중입니다. 왜적에게 잡혀 길잡이가 되었기로 이렇게 다니는 것입니다. 언제나 좋은 시절을 만나리오."

"오, 너의 말이 기특하니, 내 말을 들으면 공을 세우리라."

도정은 중에게 독약 한 섬을 내주며 다음과 같이 말하였다.

"이 약을 도적의 음식에 넣어 먹이되 절대 들키지 말라."

그 중이 허락하여 말하였다.

"장군은 성 밖에 매복하였다가 소승이 약을 넣은 후 몰래 신호를 하면 급히 치소서."

서로 이렇게 약속하고 도정은 산성 밖에 매복하여 기다리고 있었다. 드디어 중 셋이 왜병들의 저녁에 약을 섞어 먹이니, 밥을 먹은 왜병들이 무수히 쓰러져 죽느니라. 그 중이 즉시 나와 고하니, 도정이 급히 군사를 몰아 성안에 돌입하여 공격하였다. 왜장 선강정이 크게 놀라 싸우고자 하나, 군사가 반수 이상 죽는 바람에 어찌할 줄 모르고 있다가, 도정이 군사들을 지휘하여 불을 놓고 급히 치니 선강정이 패하여 달아나니라. 도정이 그 뒤를 따라 신청 땅에 다다라 문득 앞쪽을 바라보니, 한 무리의 군사가 나타나 선강정의 앞길을 막고 공격하는 것이었다. 선강정이 깜짝 놀라 북쪽의 작은 길로 달아나다가, 이번에는 토포사 이정함을 만나 패하였다. 다시 도망하다가 이번에는 방어사 이신언을 만나 싸우는데, 호승 도정과 고충경까지 앞뒤에서 협공하니, 결국 선강정이 달아날 곳이 없음을 알고 칼을 물고 자결하니라.

이때, 평행장은 평양을 버리고 검수역에 이르렀는데, 군사들이 목마름과 굶주림 때문에 대열이 흐트러지니라. 그러자 이신언 등이 뒤를 따라 공격하여 왜병 천여 명을 죽이니라.

※ 섬 — 부피의 단위. 곡식, 가루, 액체 따위의 부피를 잴 때 쓴다. 한 섬은 약 180리터에 해당한다.

대동강 남녘까지 나아갔던 도적이 모두 도망하니, 그제야 비로소 제독이 도적을 따르고자 하여 유성룡을 불러 말하였다.

"그대는 군량을 넉넉하게 준비하도록 하시오."

유성룡이 승낙하고, 즉시 황주에 들어가 황해감사 유영경에게 편지를 보내, '군량과 말 먹일 풀을 가져오라.'고 하고, 평안감사 이원익에게는 '김응서에게 평양의 곡식을 싣고 황해도로 오도록 하라.'고 하였다.

이때, 도성에 있던 왜적들은 행여 백성들이 조선군과 내통할까 의심하여, 또 평양에서 패한 것에 대한 분풀이로 사람들을 다 죽이고, 장차 천병과 싸우고자 하더라.

여송이 군사를 나누어 파주에 머무르며 상황을 지켜보고 있었다. 그런데 사대수가 고언백과 함께 군사 수백 명을 이끌고 나아가 적의 동정을 살피던 중, 벽제역 남쪽에 있는 여석령에서 왜병 백여 명을 베어 죽였다. 여송이 이 소식을 듣고는 다른 장수들한테는 영채를 지키게 하고, 본인이 직접 군사 천여 명을 거느리고 혜음령으로 나아갔다. 사실 도적은 천병이 올 것을 알고 혜음령 고개 너머에 매복을 하고 있었다. 다만 천병을 속이려고 수백 명만을 데리고 고개 위를 지키는 척하였다. 여송은 적병의 숫자가 적음을 보고 가벼이 여겨, 군사를 재촉하여 고개를 오르는데, 갑자기 대포 소리가 터지며 수많은 왜병이 달려 나왔다. 여송은 그만 대패하여 천여 명 군사를 거의 다 잃고 돌아오니라. 잔뜩 겁을 먹은 여송이 급히 군사를 물려 돌아가려 하자, 유성룡이 이 소식을 듣고 급히 송도에 이르러, 제독을 보고 군사를 물려서는 안 되는 네 가지 이유를 말하였다.

"선대 임금의 묘를 적병이 파헤쳤으니 그냥 둘 수 없으며, 도성 백성들

이 천병이 오기를 바라고 있다가 물러간 것을 알면 왜적에게 귀순할 것이며, 조선의 군사가 천병의 위엄에 의지하여 나아가고자 하고 있으니 만약 천병이 돌아간다면 바로 흩어져 버릴 것이며, 대군이 한번 물러가면 적이 반드시 뒤를 따르리니, 다시 임진강 남쪽을 지켜내지 못하리라."

하지만 이여송은 듣지 아니하고 끝내 돌아가 버렸다.

권율은 여송이 도성으로 온다는 말을 듣고 한강을 건너 행주산성에 진을 치고 있었는데, 갑자기 명군이 물러가는 바람에 왜적이 몰려와서 행주산성을 에워싸 버렸다. 군사와 백성들은 크게 두려워하여 다 달아나고 싶어 하나, 강을 등지고 있어 도망칠 길이 없었다. 싸우다 죽으나 물에 빠져 죽으나 죽는 건 매한가지라, 똘똘 뭉쳐 죽기로 싸우니 왜적이 패하여 달아나더라. 권율이 뒤를 따라 나가 도적 수백 명을 더 베고, 즉시 임진강에 이르렀다. 유성룡이 권율과 이빈에게 힘을 합하여 파주산성을 지켜 서쪽으로 내려오는 도적을 막게 하고, 고언백, 이시언, 정희현, 박명현은 해유령을, 의병장 박유인, 유성정, 이신휘는 창릉 근처에 매복하였다가 도적이 많으면 피하고 적으면 따라 짓치라 하니, 이 때문에 적이 성 밖에 나오지 못하더라. 유성룡은 창의사 김천일과 경기수사 정걸과 함께 배를 타고 용산과 서강 근처로 나아가 강을 따라 내려오는 적을 많이 죽이니, 적의 세력이 많이 약해지더라.

이때, 적이 도성을 자치한 지 이미 수년이 되었던 터라, 백성들 가운데 굶주려 죽는 자가 많았는데, 성룡이 동파에 있다는 걸 듣고 남녀노소 없이 찾아와 의지하는 자가 셀 수 없더라.

창의사 김천일의 군중에 이신중이란 사람이 있었다. 이신중이 도성에

들어가 적에게 잡혀 있는 두 왕자와 대신 황정욱을 찾아보고 돌아와 말하길,

"적이 강화할 뜻이 있습니다."

하더니, 마침 평행장이 김천일에게 편지를 보내어 강화를 청하였다. 천일이 그 편지를 성룡에게 보내니, 성룡이 사대수를 보고,

"이여송 도독에게 보내어 뜻을 묻는 게 좋겠소."

하니라. 사대수가 편지를 평양으로 보내니, 여송이 글을 보고 심유경을 도성에 보내어, '동정을 파악하라.' 하고, 자신은 대군을 거느리고 남쪽으로 내려와 송도에 진을 쳤다.

심유경은 도성에 들어가 평행장을 보고 말하였다.

"너희가 진정으로 화친을 하고자 한다면, 먼저 잡고 있는 두 왕자와 대신을 풀어 주고, 군사를 부산으로 물린 후에 화친을 청해야 한다. 만약 그렇지 않다면 당장에 팔도 용사들이 벌떼처럼 달려들고, 황제 또한 분노하여 군사를 보내어 너희의 씨를 말릴 것이다. 만일 내 말을 듣지 아니하면, 그때 돌아가고자 하나 믿지 못하리라."

"좋소. 그러면 우리가 군사를 물려 본국으로 간 뒤에 중국이 조선과 함께 사신을 일본에 보내 화친을 이루게 합시다."

심유경이 다시 말하였다.

"너희가 진실로 화친할 뜻이 있다면 먼저 왕자와 대신을 돌려보내라."

행장이 허락하거늘, 드디어 유경이 돌아오니라.

이때, 가등청정이 북도에서 도성으로 돌아왔다. 행장이 군사를 물리고 화친할 뜻을 의논하니, 청정이 말하길,

"이제 와서 어찌 빈손으로 돌아가리오. 내 이여송의 항복을 받은 후에
돌아가리라."

하고, 즉시 날랜 장수 엄과 홍 두 사람을 불러 말하였다.

"너희는 바람같이 나아가 이여송의 목을 베어 오라. 내 반드시 큰 상을

내리리라."

　두 장수가 명을 듣고는 저마다 비수를 품은 채 길을 떠났고, 곧 송도에
다다라 여송이 있는 장막 안으로 들어가니라. 이때 여송은 장막 안에서
머리를 빗고 있었는데, 문득 흰 독 두 개가 들어오는 것을 보고는 자객인

줄 알고, 한 손으로는 머리를 붙들고, 다른 한 손으로는 보검을 들어 자객과 대적하였다. 병장기 부딪치는 소리가 장막 밖까지 들리거늘, 장수들이 놀라 창틈으로 엿보니, 은빛 독 세 개가 어지럽게 구르는데, 장수들이 감히 들어가지 못하더라. 이윽고 제독이 장수들을 불러 무엇을 치우라 하니, 그제야 들어가 보니 두 사람의 시신이었다. 장수들이 크게 놀라 말하길,

"장막 안이 좁아 소장들이 들어와 돕지 못하였나이다."

하고, 그 용맹함을 칭찬하니 여송이 말하였다.

"자객이 본디 넓은 데서 검술을 배웠던 터라, 장막 안에서 마음껏 칼을 쓸 수 없어 나에게 죽은 것이다."

이때, 왜적은 군량과 말 먹일 풀이 많이 부족하여 굶주려 죽는 자가 많았다. 그러자 행장과 청정이 의논하여 평조신과 평조강에게 충청도 일대로 내려가 군량을 모아 오게 하였다. 두 장수가 명령을 듣고 만 명의 병사를 거느리고 숭례문을 나와 청파로 향하고 있는데, 갑자기 큰 바람이 일어나며 검은 구름이 적진을 둘러싸는 것이었다. 이내 하늘에서 수많은 신병이 한 장수를 호휘하며 내려왔다. 얼굴은 푸른 대춧빛이요, 긴 수염을 늘어뜨리고 청룡도를 들고 적토마를 탔으니, 그 위세가 서릿발 같더라. 적병들이 두려워 뒤로 도망하다가 서로 짓밟아 죽는 자가 셀 수 없었다. 그 장수가 남문으로 깨쳐 들어와 동문으로 나가

※ 독 — 간장, 술, 김치 따위를 담가 두는 데에 쓰는 큰 오지그릇이나 질그릇.

더니, 문득 간데없이 사라져 버렸다. 평조신 등이 군사를 반 넘게 잃고 돌아와 행장에게 그 일을 이르니, 행장이 크게 놀라며 말하였다.

"그 장수는 바로 촉한의 관운장이다. 예전에 심유경이 이르길, '너희가 빨리 돌아가지 않으면 천신이 또한 노하리라.' 하더니, 과연 그 말이 맞도다. 이제 아니 돌아가면 반드시 큰 화를 당하리라."

행장이 바로 여러 진에 연락하여 군사를 모두 거두어 도성을 떠나 한강을 건너 삼남으로 향하니라.

임진왜란과 『징비록』

지난 허물을 징계하여 후환을 경계하다!

임진왜란에 관한 기록 가운데 절대 빠뜨리면 안 되는 것이 바로 『징비록』입니다. 『징비록』은 일본에서 『조선징비록』이란 제목으로 출간될 정도로 임진왜란에 관해서는 그 권위를 인정받고 있는 국제적인 베스트셀러였습니다. 이 작품 속에도 『징비록』의 기록이 수없이 반영되어 있습니다. 『징비록』은 과연 어떤 책일까요?

징비록1 『징비록』은 어떤 책인가?

『징비록』은 임진왜란 전에는 좌의정과 병조판서를 겸하고, 전쟁 중에는 도체찰사를 맡아 조선군의 군사 업무를 총괄했던 유성룡이 쓴 임진왜란에 대한 기록입니다. 임진왜란 이전의 국내외 정세부터 임진왜란

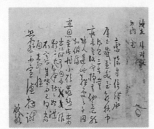

의 실제 모습, 그리고 전쟁 이후의 상황들까지 자세히 기록되어 있습니다. 전쟁 전후 조정의 핵심 요직에 있었던 유성룡은 조선의 신하들과 장수들, 또 명나라의 여러 장수들과 신하들을 직접 만나 나눈 이야기들과 자신이 직접 보고 듣고 읽은 것들을 자세하게 기록하고 있습니다. 그래서 현재까지도 임진왜란에 관한 자료 가운데 가장 중요한 저서로 손꼽히고 있습니다.

유성룡의 글씨

징비록2 왜 제목이 『징비록』인가?

'징비(懲毖)'란 말은 『시경(詩經)』「소비(小毖)」편에 나오는 글, "予其懲而毖後患", 그러니까 '지난 허물을 징계해서 후환을 경계한다.'에서 나온 것입니다. 임진왜란을 겪고 난 유성룡이 전쟁 전후 과정을 상세히 기

록하여 이와 같은 일이 다시 일어나지 않도록 하겠다는 뜻을 담고 있는 것입니다. 그렇기에 유성룡은 『징비록』에서 자신이 저지른 잘못부터 전쟁 전 조정에서 있었던 크고 작은 분란, 임금과 조정 신하들에 대한 백성들의 원망 등, 감추고 싶은 치부까지 숨김없이 드러내고 있습니다.

초본 『징비록』

징비록3 『징비록』의 구성

정식으로 간행된 『징비록』은 16권본과 2권본 두 종류입니다. 16권본은 『징비록』(권1, 2), 『근폭집』(권

3~5), 『진사록』(권6~14), 『군문등록』과 『녹후잡기』(권15, 16)로 되어 있고, 여기에서 권1, 2의 『징비록』과 권16에 있는 『녹후잡기』만 따로 떼서 독립시킨 것이 2권본 『징비록』입니다. 우리가 현재 『징비록』이라고 하는 것은 대부분 2권본을 말합니다. 권1, 2의 『징비록』에는 임진왜란의 원인과 전황이 담겨 있고, 『녹후잡기』에는 저자가 전쟁 기간 동안 보고 들은 내용이 자유로운 형식으로 기록되어 있습니다. 나머지는 관직에 있으면서 쓴 다양한 형식의 보고서와 글 들을 모아 정리한 것입니다.

일본에서 출간된 『조선징비록』

징비록4 유성룡은 누구인가?

유성룡은 퇴계 이황의 문인으로, 명종 21년(1566년) 문과에 급제하여 승문원권예문관검열, 공조좌랑, 이조좌랑 등의 벼슬을 거쳐 삼정승(영의정, 좌의정, 우의정)을 모두 지냈습니다. 일본이 쳐들어올 것을 알

병산서원 : 안동에 있다. 유성룡이 살았을 때 제자들을 가르치던 곳으로 유성룡의 위패가 모셔져 있다.

고 권율과 이순신을 임금께 추천하였고, 화포 등 각종 무기의 제조, 성곽을 세울 것을 건의하고, 군비 확충에 노력하였습니다. 임진왜란 때 도체찰사로 일했고, 1598년 모든 관직에서 물러난 후 고향에 돌아와 『징비록』 등을 썼습니다. 철학·문장·글씨 등으로 이름을 떨쳤고, 1607년에 66세의 나이로 세상을 떠났습니다. 그가 죽은 후 '문충'이라는 시호가 내려졌고, 안동의 병산서원 등에 위패가 모셔졌습니다.

화친하자는 왜국의 속임수에 넘어가다

　이여송은 송도에 머물러 있다가 왜적이 물러갔다는 말을 듣고는 대군을 거느리고 도성에 들어와 남별궁에 자리를 잡았다. 종묘사직과 궁궐은 모두 다 불에 타고, 다만 남은 곳은 적장 평수맹이 머물렀던 이곳뿐이었다. 유성룡이 여송을 보고 말하였다.

　"도적이 물러간 지 오래인데, 도독께선 어찌 추격하지 아니하느뇨?"

　"나 또한 뜻은 있으나, 배가 없는 것을 어찌하리오."

　"만약 따르고자 하는 뜻이 있다면 당장이라도 배를 준비하리다."

　유성룡은 곧바로 강가로 나아가 경기감사 성영과 경기수사 정길을 불러 배를 준비하게 한 후, 제독에게 알렸다. 제독이 즉시 이여백을 불러 말하였다.

"일만 군사를 거느리고 도적을 따르라."

이여백이 명을 듣고는 군사를 거느리고 강가에 나아갔다가 곧 되돌아와 버렸다. 이는 여송이 애초에 도적을 따를 마음이 없다는 걸 알고서, 이여백이 가는 척하고 돌아온 것이었다.

도적이 물러간 지 수십 일이 지난 후에야 경리 송응창이 여송에게 도적을 따르게 하였다. 하지만 여송이 문경에 도착했을 때는 이미 도적은 동래와 김해 등에 영채를 다 세운 뒤였다. 왜적은 조금도 바다를 건널 뜻이 없어 보였다. 그런데도 여송은 사천부 총병 유정에게 성주, 팔거를 지키게 하고, 오유충에게는 성주를 지키게 한 뒤 도성으로 돌아와 버렸다. 그러고는 심유경을 일본에 보내어 화친을 허락하니, 적이 두 왕자와 대신 황정욱 등을 놓아 보내고, 한편으로 지난 원수를 갚겠다고 진주를 공격하더라.

처음 적병이 물러갈 때 조정에서는 장수들을 재촉하여 도적을 뒤따라 모조리 쓸어 버리려 하였다. 이 때문에 김명원과 권율이 여러 곳의 의병장과 함께 의령에 모여 의논하였다. 그 자리에서 곽재우가 말하였다.

"적의 세력이 강성하고, 아군은 오합지졸이라. 또한 장차 군량도 부족할 터이니, 함부로 움직이면 안 됩니다."

하지만 권율이 듣지 아니하고, 기어이 군사를 움직여 강을 건넜다. 그렇게 함안에 이르기는 했으나 성안은 텅 비어 있고, 또한 군량까지 없으

※ **오합지졸(烏合之卒)** ── 까마귀가 모인 것처럼 질서가 없이 모인 병졸이라는 뜻으로, 임시로 모여들어서 규율이 없고 무질서한 병졸 또는 군중을 이르는 말.

니, 군사들이 굶주려 싸울 마음이 없더라. 그때 군졸이 급히 보고하였다.

"도적이 김해에서 오고 있습니다."

조선 군사들이 당황하여 어찌할 줄 모르고 있는데, 문득 대포 소리가 크게 일어나는 것이었다. 사람이 다 두려워 다투어 강을 건너려다가 물에 빠져 죽는 자가 셀 수 없었다. 적병이 점점 물과 육지 양쪽에서 공격해 오니, 장수들이 달아나는데, 권율과 김명원, 이빈 등은 전라도로 가고, 김천일과 최경일, 황진 등은 진주로 가니라. 적병이 진주 쪽으로 뒤를 따라 성을 철통같이 에워싸거늘, 진주목사 서예원이 판관 성유경과 함께 굳게 지키었으나, 왜적이 구름사다리를 놓고 성안을 굽어보며 조총을 쏴 대니 성안 사람들이 미처 머리를 들지 못하더라.

동쪽 성문을 지키던 황진이 힘껏 싸우다가 철환을 맞아 죽으니, 성안 민심이 조금씩 흉흉해지고, 마침내 큰 비가 내려 성 여러 곳이 무너지면서 적이 다투어 성에 오르게 되었다. 조선 군사들이 활과 돌로 어지러이 내리쳤으나, 김천일의 군사들이 북쪽 성문을 버리고 달아나는 바람에 적병이 북문으로 들어와 성안은 난장판이 되었다. 드디어 김천일이 촉석루에서 최경일과 함께 통곡한 뒤 강에 빠져 죽으니, 이때 피란한 백성과 군사들 중에서 죽은 자가 모두 육만 명에 이르렀다. 순찰사 권율이 군사를 몰아 진주성을 구하러 갔으나 때는 이미 늦어 버렸다. 조정에서는 김천일의 벼슬을 높여 주고, 권율 또한 도원수로 삼았다.

이여송이 의주에 사람을 보내 선조 임금께 돌아오라고 청하니, 임금께서 즉시 의주를 떠나 도성에 들어왔다. 선조 임금은 이여송을 보자마자 공로를 크게 치하하고 큰 잔치까지 열어 위로하였다. 명나라 황제도 사신을 보내와 선조 임금을 위로하려 옷 한 벌을 내리고, 이여송에게는 음식을 보내 군사들을 위로하라 하시니, 임금과 여송이 북쪽을 향하여 네 번 절한 뒤 다시 술을 나누어 서로 권하더라. 여송이 황제가 보낸 음식 중 계수나무 벌레 삼십 개를 내어놓으며 말하였다.

"이것은 서측 해조국에서 나는 생물이외다. 한 마리 값이 삼천 냥이나 하지요. 사람이 먹으면 더디 늙는다 하여, 전하께 대접하라 보내신 듯합니다."

이윽고 젓가락으로 벌레의 허리를 집으니 수십 개 발이 한꺼번에 움직이며 괴이한 소리를 지르는데, 부리는 검고 몸통은 여러 빛깔이 어우러져 보기에 무척 어지러웠다. 선조 임금이 생전 처음 보는 생물이라, 차마 먹지 못하고 머뭇거렸다.

"세상에 이렇게 귀하고 맛난 음식을 어찌 잡수시지 아니하십니까."

여송이 웃으며 그것을 집어 먹으니, 보는 사람마다 눈썹을 찡그리더라. 선조 임금도 낯빛이 변하여 멍하니 앉아 있는데, 마침 이항복이 산낙지 일곱 마리를 담아 들여 왔다. 임금이 젓가락으로 한 마리를 집어 먹으려 하니, 낙지가 발로 젓가락을 감으며 수염에도 엉겨붙는지라. 임금이 맛있게 먹고 여송에게 먹기를 권하니, 여송은 낙지 움직이는 걸 보고는 눈썹을 찡그리며 차마 먹지 못하더라. 임금이 껄껄 웃으며 말하였다.

"대국의 계수나무 벌레와 소국의 낙지를 서로 비교하니 어떠시오?"

※ 근(斤) ─ 무게의 단위. 한 근은 고기나 약재의 경우에는 600그램, 채소나 과일 따위는 375그램에 해당한다.

　제독이 짧게 웃고는 화제를 돌리더라.

　이때, 경상병사 김응서가 잔치에 참여하였다가 앞으로 나와 말하였다.

　"오늘 잔치에 즐길 것이 없사오니, 소장이 검무를 해 볼까 합니다."

　제독이 허락하니, 응서가 빛나는 군복을 입고 두 근짜리 비수를 잡아

검무를 시작하거늘, 검광이 몸을 둘러 흰 눈이 날리는 듯하니 사람은 보

이지 않고, 은빛 독이 공중에서 구르는 것 같았다. 두 나라 사람들이
보며 칭찬하지 않는 이가 없더라.

　전날에 심유경이 일본에 들어갔다 평수길의 편지를 받아 가지고, 왜
국의 사신 소섭과 함께 다시 중국으로 돌아왔다. 황제가 글을 읽어 보
고는 가짜라 의심하더니, 오래지 않아 적이 진주성을 공격했다는 소식
을 듣고는, 소섭을 요동에 잡아 두고 오래도록 보내지 아니하더라.

　이때, 이여송은 여러 장수와 더불어 명나라로 되돌아가고, 오직 유경과 오유충, 왕필적 같은 장수들만이 성주에 머물러 있었다. 성주에 머무르며 백성들 사는 것을 두루 자세히 살펴보니, 늙고 병든 이들은 짐을 나르느라 지치고, 젊은이들은 싸움에 지쳐 있었다. 뿐만 아니라 전염병까지 널리 퍼져 백성들이 거의 죽게 되었다. 상황이 심각해지자 유경 등이 군사를 남원으로 옮겼다가 오래지 않아 제 나라로 물러가 버렸다. 왜적이 여전히 바다에 있는데, 명나라 군사들이 물러가니 오히려 민심이 흉흉하더라.

조정에서 다시 명나라에 사신을 보내니, 경략 송응창은 죄를 얻어 돌아가 버리고, 대신 경략 이겸이 요동에 와서 부장 호통을 통해 편지를 조선 군사에게 보내니라. 그 내용이 대략 이러하더라.

왜적이 갑자기 조선 삼도를 삼키고 왕자와 대신을 사로잡아 가니, 황제께서 진노하시어 군사를 일으켜 죄를 물었다. 적이 황제의 위엄이 두려워 왕자와 대신을 돌려보내고 마침내 멀리 도망하니, 대국이 소국을 대접함에 이보다 더할 수는 없는지라. 이제 군량을 더 이상 대지 못할 것이요, 군사가 또한 싸우지 못할지라. 왜적이 황제의 위엄이 두려워 항복하고 조공 바치길 원하니, 이를 황제께서 허락하신 것은 다 조선을 구원하려는 뜻이라. 이제 조선은 먹을 것이 다 떨어져 사람이 사람을 먹는 지경에 이르렀는지라. 자신의 처지를 헤아리지 아니하고 다시 군사를 청하는 것은 무슨 까닭인고. 이제 대국이 군사를 거두어들이지 아니하고, 왜적의 항복을 받아들이지 않으면 적이 반드시 다시 침공하리니, 조선이 어찌 화를 면하리오. 모름지기 멀리 보고 계책을 정하라. 옛날 월나라 왕 구천이 회계산에서 굴욕을 당할 때 어찌 오나라 왕 부차의 살을 먹고 싶지 않았겠는가.

오히려 분함을 참고 굴욕을 견디었기에 마침내 원수를 갚을 수 있었도다. 이제 조선의 군신도 이를 본받아 하늘의 뜻을 따르면 반드시 되갚을 날이 있으리라.

호통이 편지를 전하고 답을 기다린 지도 한 달이 넘어가고 있었다. 그런데도 조정에서는 결론을 내지 못하고 있었다. 유성룡이 임금에게 아뢰어 말하였다.

"왜인이 조선을 통해 중국에 조공하는 것은 받아들일 수 없으니, 마땅히 이런 사정을 자세히 아뢰고, 처분을 기다려야 합니다."

선조 임금이 허락하여, 허유를 사신으로 임명하여 즉시 중국에 보냈다. 그러자 명나라 조정에서는 왜국 사신 소섭에게 세 가지 일을 약속 받았다. 하나는, 관백은 '왕'을 칭해도 되지만, 조선을 통해 조공하는 것은 허락치 아니하고, 또 하나는, 왜인은 단 한 명도 부산에 머물지 못하게 하고, 마지막으로 다시는 조선을 침범하지 못하게 하는 것이었다.

"말씀대로 따르겠나이다."

소섭이 하늘에 대고 이렇듯 맹세하니, 황제가 심유경에게 말하길,

"소섭을 데리고 일본군 진영으로 가라."

하였다. 또 이종성과 양방현을 상사와 부사로 삼아 조선에 보내니, 이종

※ **구천(句踐)** — 중국 춘추 시대 월나라의 왕(?~B.C.465). 오나라의 왕 합려와 싸워 이겼으나, 그의 아들 부차에게 대패하여 후이지 산(會稽山)에서 항복하였다. 그 뒤 기원전 473년에 범여의 도움으로 오(吳)나라를 멸망시켰다. 재위 기간은 기원전 496~기원전 465년이다.

※ **관백(關白)** — 옛날 일본에서 천황을 보좌하여 일본 천하를 다스리던 관직이다. 여기서는 평수길을 뜻한다.

성 등이 적에게 군사를 거느리고 바다를 건너가길 재촉하였다. 그러자 적이 거제와 웅천에 있는 두어 개의 진을 거두어 황제의 명을 따르는 듯하더니, 이내 말을 바꾸어 이르길,

"평양에서 한 번 속았으니, 천국 사신이 왜진에 온 후에 비로소 지킬 것이니라."

하며, 상사 이종성을 보낼 것을 청하는데, 누가 봐도 그들의 행동이 이상했으나, 석성과 심유경은 오히려 의심하지 않고 말하길,

"왜적이 별로 다른 뜻은 없다."

하더라. 왜적이 여러 번 이종성을 보내라 재촉하니, 종성이 마지못하여 부산에 있는 왜적의 진으로 갔다. 하지만 정작 행장은 종성을 만나 보지도 아니하고 이렇게 말하였다.

"관백에게 다녀온 후 명나라 사신을 맞으리라."

이러고는 일본에 들어가더니, 이듬해 병신년(1595년) 정월에야 비로소 돌아왔다. 그러고도 끝내 군사를 거두지 아니하더라.

심유경이 종성 등을 왜진에 놔두고 행장과 함께 일본에 들어갔으나 한참 동안 소식이 없었다. 종성은 본래 겁이 많은 자라, 어떤 사람이 종성에게 말하였다.

"평수길은 항복할 뜻은 아예 없고, 다만 당신들을 다 잡아 가두어 욕을 뵈려 한다."

잔뜩 겁먹은 종성은 평민 옷으로 갈아입고 밤에 달아나, 산골짜기를 따라 한양에 이르러 제 나라로 도망하니라. 부사 양방현이 홀로 왜진에 있다가 조선국에 편지를 보내,

"가벼이 움직이지 말라."

하니라. 또 그렇게 양방현이 왜진에 머문 지 수일 만에 유경이 돌아와 서생포와 죽도에 머물던 도적만을 거두고, 부산에 있는 군사는 거두지 아니하였다. 적에게 또 속았다는 것을 안 조선이 사신을 명나라에 보내어 그 사연을 고하여 아뢰는데, 명나라 조정에서는 그제야 석성과 심유경의 죄를 물어 잡아 가두고, 다시 군사를 조선에 내보냈다.

이순신을 결딴낼
계책을 행하라

행장이 거제에 진을 치고 이순신을 해치기 위해 온갖 계책을 내고 있었다. 하루는 행장이 부하 장수인 요시라에게 말하였다.

"이순신을 결딴낼 계책을 행하라."

요시라가 명을 듣고 평소 교류가 있던 김응서를 찾아가 은근히 말하였다.

"우리 평행장은 본래 처음부터 화친하고자 했으나, 청정이 홀로 싸움을 주장하는 통에, 서로 틈이 생겨 이제는 청정을 죽이려 하고 있소이다. 오래지 않아 청정이 다시 바다에 나오리니, 내가 연락하거든 그 즉시 수군을 거느리고 나아와 공격하면 청정을 죽일 수 있을 것이오. 그렇게 되면 조선의 원수도 갚고 우리 장군의 한도 씻을 것이오."

응서가 이 일을 조정에 고하니, 조정에서는 요시라의 말을 믿고 이순신에게 바다로 나아가 청정을 치게 하였다. 권율 또한 한산도에 이르러 순신에게 말하였다.

"그대는 마땅히 요시라의 약속을 믿고 기회를 잃지 않도록 하라."

하지만 이순신은 이것이 도적의 간사한 계략인 줄 알고 출전을 주저하였다.

정유년(1597년) 정월에 드디어 웅천에서 보고가 올라왔다.

"이번 달 십오일에 청정의 선봉 부대가 장문포에 이르렀다."

뒤이어 요시라에게서도 연락이 왔다.

"청정이 이미 뭍에 내렸다."

이미 기회를 잃었다는 소식이었다. 조정에서는 이 소식을 듣고 그 허물을 순신에게 물었다. 대간에서 나서서 순신의 죄를 물어야 한다고 상소를 수없이 올리자, 선조 임금은 즉시 의금부 도사를 보내 순신을 잡아 오라고 하고, 대신 원균을 통제사로 삼았다. 그러나 한편으로는 성균관 사성 남이신을 한산도로 보내어 자세한 내막을 알아 오라고도 하였다.

남이신이 즉시 전라도에 이르니, 군민이 다투어 길을 막고 순신의 억울함을 고하는 자 셀 수 없더라. 하지만 남이신은 올라와 사실대로 고하지 아니하고 거짓으로 꾸며 고하였다.

"청정의 전선이 바다에서 일곱 날이나 머물렀는 데도 이순신이 나가지

※ **결딴나다** ― 어떤 일이나 물건 따위가 아주 망가져서 도무지 손을 쓸 수 없는 상태가 되다.
※ **내막(內幕)** ― 겉으로 드러나지 아니한 일의 속 내용.

않아 기회를 잃었습니다."

경림군 김명원과 판부사 정탁이 남이신의 말을 반박하여 말하였다.

"왜인은 물에 익숙한 자들입니다. 일곱 날 동안이나 바닷길에서 머물러 있을 까닭이 없습니다. 그 말이 진실치 아니할까 하나이다."

그러자 선조 임금이 대답하길,

"내 뜻도 그와 같으니 다시 한번 자세히 조사하라."

하니라.

정유년 이월, 이순신이 한양으로 향하는데, 길에는 군민이 가득 모여들어 말하길,

"이제 어디로 가십니까. 우리도 이 길로 장군을 따라 죽고자 하나이다."

하며 울부짖더라.

이순신이 도성에 이르러 옥에 갇히니, 누군가 말하길,

"뇌물이 없으면 죽음을 면치 못하리라."

하거늘, 이순신이 당당하게 답하길,

"대장부가 죽이면 죽을 것이지, 어찌 뇌물 따위로 구차하게 살기를 꾀하겠는가."

하더라.

선조 임금이 의금부에 명하여 첫 번째로 죄를 심문하고 나서, 신하들에게 다시 그 죄를 따져보라 하니, 정탁이 아뢰어 말하였다.

"순신이 여러 번 공을 세웠으니 죽음은 면하게 해야 합니다. 또한 전쟁터에서 벌어진 일은 멀리서 헤아릴 바가 아니오니, 청컨대 너그러이 용서하시어 큰 공을 세워 속죄케 하소서."

임금께서 정탁의 말을 따라서 순신의 벼슬을 모두 빼앗고, 도원수 밑에서 백의종군하게 하더라.

이때, 순신의 노모는 나이가 구십이나 되었는데, 아산 땅에 있다가 순신이 옥에 갇혔다는 소식을 듣고 슬퍼하다가 가슴이 막혀 죽고 말았다. 순신이 옥에서 나와 권율에게 갈 때, 마침 아산을 지나게 되었다. 집에 들러 상복으로 갈아입은 순신이 통곡하여 가로되,

"이제 충과 효를 모두 잃었으니, 어찌 슬프지 않겠는가."

하더라.

요시라가 이미 계략을 써서 이순신을 없앤 뒤, 다시 또 김응서를 속이기 위해 이렇게 말하였다.

"머지않아 많은 군사들이 청정의 뒤를 따라 바다를 건너올 것이오."

도원수 권율이 이 말을 철석같이 믿을 뿐 아니라, 또 전에 이순신이 나아가지 않았다는 이유로 죄를 받은 것을 보았기에, 원균에게 대군을 거느리고 나아가 막으라고 재촉하였다. 원균이 아무리 생각해도 형세가 어려운 줄 아나, 마지못하여 병사들을 모아 앞으로 나아갔다. 그러자 적이 가까운 언덕 위에서 지켜보고 있다가 조선국 전선이 나아가는 것을 보고 서로 급히 소식을 통하더라.

원균이 삼도의 전선을 모두 이끌고 부산 절영도에 이르니 해가 넘어가고 있었다. 곧 왜선 수백 척이 바다 한가운데 나타나자, 균이 대군을 지휘

※ 백의종군(白依從軍) ― 벼슬 없이 군대를 따라 싸움터로 감.
※ 노모(老母) ― 늙은 어머니.

하여 싸우고자 하였다. 허나 군사들은 온종일 배를 저어 피곤하고, 또한 목이 마르고 배가 고파 배를 능히 움직이지 못하였다. 왜적들은 나타났다 사라지기를 반복하며 조선 군사들을 지치게 하였다. 그렇게 밤이 깊어 가니, 힘이 다 빠진 원균의 전선은 바다 위에서 사방으로 흩어져 버렸고, 원균은 겨우 남은 배를 거두어 하릴없이 가덕도로 돌아와 닻을 내리고 머물렀다. 병사들이 목마름과 굶주림을 견디지 못하여 다투어 배에서 내려 물을 먹고 있으니, 갑자기 적병이 섬으로 내달아 조선 군사들을 공격하였다. 원균이 군사 백여 명을 잃고 거제 칠천도로 후퇴하였다. 권율이 성에 있다가 원균을 나무라여 말하였다.

"네 일찍이 순신을 책망하더니 오늘 나아가지 않는 것은 무슨 까닭인고?"

원균이 권율의 말을 듣고 분노하여 술을 먹고 취하여 누워 버렸다. 모든 장졸이 그 꼴을 보고 분을 참지 못하여 흩어지고자 하는데, 이날 밤 적의 전선이 몰려와 섬을 온통 에워싸고 마구 쏘니 아군이 다 도망하였다. 원균이 크게 놀라 작은 배를 타고 도망하다가 바닷가에다 배를 버리고 언덕으로 올라갔다. 허나 몸이 둔하여 제대로 도망하지 못하고 결국 나무 아래 쓰러져 버리니, 따르던 이들도 제 살길을 찾아 다 흩어져 버리더라. 경상수사 이억기는 조선군이 패하는 것을 보고 힘써 싸우다가 끝내는 벗어날 길이 없음을 알고 물에 빠져 죽었다.

앞서 경상병사 배설은 원균이 여러 번 패하는 것을 보고 이렇게 말하였다.

"칠천도는 물이 얕아 전선이 다니기가 불편하니, 진을 다른 곳에 옮기자."

하지만 원균이 듣지 아니하니, 배설은 가만히 명령을 내려 전선을 모으고, 틈이 생기기를 기다렸다가 적병이 나타나자마자 먼저 달아나 버렸다. 배설은 한산도에 다다라 군량에 불을 지르고 백성을 피란케 하였다. 이후로 왜적은 승승장구하여 남해 순천을 깨뜨리고 육지에 내려 남원을 급습하니, 전라도와 충청도에 피냄새가 진동하더라.

이때, 이순신은 권율의 진영에 머물러 있었는데, 권율이 원균이 대패했다는 소식을 듣고는 이순신에게 흩어진 병사들을 모으라고 지시하였다.

정유년 팔월 삼일, 조정에서는 한산도가 무너졌다는 소식을 듣고 놀라지 않는 자가 없었다. 선조 임금이 신하들을 불러 의논하는데, 신하들이 감히 대답을 하지 못하더라. 김명원과 이항복이 아뢰어 말하였다.

"이는 원균의 허물이오니, 다시 이순신으로 하여금 삼도 수군을 지휘케 하소서."

선조 임금이 허락하고 이순신을 다시 통제사에 임명하시니, 흩어졌던 장졸들이 이 소식을 듣고 점점 모여들더라.

순신이 군관 십여 명과 아전 수십 명을 데리고 진주를 지나 옥과에 이르니, 백성들이 길을 메우고 순신을 따르거늘, 순신의 군사가 이미 백여 명이 넘었다. 순천에 이르러 무기를 내어 가지고 보성에 가서 보니, 겨우 십여 척의 전선이 남아 있을 뿐이었다. 전라수사 김억추를 불러, 전선을 수습하라 하고, 또 다른 장수에게는 서둘러 전선을 만들라 하고, 또한 장수들을 모아 엄하게 주의를 주어 말하였다.

"우리는 왕명을 받자왔으니 마땅히 죽기를 각오하고 나라의 은혜를 갚으리라."

말씀에 의기가 깊게 배어 있으니, 장수들 중에 감동하지 않는 이가 없었다. 한편 조정에서는 이순신이 가진 배가 적어 도적을 막지 못할까 걱정하여, 차라리 '육지에 올라 싸우라.'고 명하였다. 그러자 순신이 이렇게 임금께 아뢰어 청하였다.

임진년부터 오륙 년 동안 적이 감히 전라도와 충청도를 침범하지 못한 것은 우리 수군이 요해처를 지킨 결과입니다. 이제 신이 전선 육십 척을 거느리고 나아가 죽기를 각오하고 싸우면 가히 승리할 수 있을 것입니다. 만약 바다를 버리면 적이 서해 바다를 거쳐 한강으로 들어갈 것이니, 어찌 두렵지 아니하리이까. 그러

※ 요해처(要害處) ― 전쟁에서, 자기편에는 꼭 필요하면서도 적에게는 해로운 지점.

하오나 신이 죽기 전에는 도적이 감히 업신여기지 못하리이다.

정유년 구월에 적선 수백 척이 바다를 덮어 오거늘, 순신이 다급하게 명령하길,

"십여 척 전선으로 맞아 싸우라."

하는데, 거제부사 안위가 가만히 도망하려 하는 것이었다. 순신이 이를 보고 맨 앞에서 외쳤다.

"안위 너가 어찌 군법에 죽으려 하느냐? 너가 이제 달아나면 살 수 있을 거라 생각하느냐!"

안위가 당황하여 큰 소리로 대답하길,

"어찌 진격치 아니하리이까."

하고는, 적진에 달려들어 싸우는데, 적선이 안위의 배를 둘러싸고 공격하니 안위가 거의 죽게 되었다. 이를 본 순신이 급히 구원하러 가는데, 적선 수백 척이 함께 나와 순신을 둘러싸고 어지러이 공격하니, 대포 소리가 바다에 진동하고 창검이 사방을 둘러싸는지라. 순신이 바다에서 곤경에 처한 것을 보고 장수들이 탄식하여 말하길,

"우리가 이곳에 있는 것은 오로지 통제사를 믿기 때문이다. 이제 이렇듯 위태로우니 어찌 가만히 있으리오."

하고는, 전선을 휘몰아 적을 공격하니라. 조선 수군이 죽음을 각오하고 싸우니, 적이 당황하여 잠깐 물러나게 되었다. 그러자 순신이 그 틈을 타 적을 많이 죽이니 결국 적이 패하여 달아나더라.

다음 날, 순신은 장사도로 진을 옮기고, 승리의 소식을 조정에 전하였

다. 선조 임금이 크게 기뻐하며 순신에게 선물을 보내어 공로를 칭찬하고, 또한 순신의 벼슬을 높이려 하는데, 신하들이 말하였다.

"이제 순신의 벼슬을 높이시면 이후에는 더 올려 줄 벼슬이 없을까 하나이다."

임금이 그 말에 따라 다만 부하 장수들의 벼슬만 높이더라.

순신의 막내아들은 이름이 '면'인데, 본래 지혜와 용맹이 있는 아이라 순신이 가장 사랑하였다. 정유년 구월, 면이 어머니를 모시고 아산 땅에 있던 중에, 갑자기 도적이 오는 것을 보고는 집에서 부리던 일꾼 몇을 데리고 내달아 십여 명을 쏘아 죽였다. 그러고도 계속 뒤를 쫓다가 중간에 복병을 만나 어지러이 싸우다가 마침내 적병에게 죽임을 당하였다. 순신이 이 소식을 듣고 애통함을 금치 못하니, 몸과 마음이 날로 쇠약해지니라.

그 후에 순신이 고금도로 진을 옮기고, 군사를 다스리다가 하루는 싸움에 지쳐 졸고 있는데, 문득 꿈에 면이 나타나 슬피 울며 말하였다.

"왜 소자를 죽인 도적을 베어 원수를 갚아 주지 아니하시나이까?"

"너는 살았을 때 용맹이 뛰어난 아이였다. 비록 죽어 혼이 되었다 하나 어찌 도적을 죽이지 못하느냐?"

"소자가 이미 도적에게 죽었기에 혼백마저도 그 도적을 두려워하나이다."

순신은 다시 묻고자 했으나 문득 잠에서 깨어났다. 장수들을 불러 꿈 이야기를 들려주며 슬픔을 금치 못하더니, 다시 몸이 피곤하여 눈을 감으니 비몽사몽간에 또 면이 울며 말하였다.

"아버지께서는 소자의 원수를 갚지 아니하시고 어찌 도적을 진 안에 두셨습니까?"

순신이 깜짝 놀라 깨어 군관들을 불러 물었다.

"혹시 우리 진영에 사로잡은 도적이 있느냐?"

"아침에 도적 하나를 잡아 묶어 두었습니다."

순신이 즉시 도적을 잡아 올려 과거에 제가 한 일을 따져 물으니 과연 면이 말한 그 도적이었다. 드디어 사지를 찢어 죽이니라.

※ 비몽사몽간(非夢似夢間) — 완전히 잠이 들지도 잠에서 깨어나지도 않은 어렴풋한 순간.

쓰러지고 쓰러져도
다시 일어나다!

이순신의 집안은 대대로 문관 벼슬을 지냈는데, 당시에는 문관의 자식은 문관이, 무관의 자식은 무관이 되는 것이 일반적인 경우라, 이순신이 무관의 길을 선택한 것은 좀 특이한 경우였습니다. 아직까지 특정한 이유가 밝혀진 것은 없지만, 이순신이 살았던 건천동 가까이에 군사들을 훈련시키는 훈련원이 있었던 터라, 그곳에 드나드는 무관들을 보고 자연스레 무인의 삶을 꿈꾸게 되지 않았을까 하고 짐작하기도 합니다. 다만 어릴 적 이순신은 활쏘기를 즐기는 활발한 아이였다고 하니, 본래 문관보다는 무관에 가까운 기질을 품고 있었을 수도 있겠지요. 자, 그럼 이순신의 무관 생활이 어떠했는지 살펴보겠습니다.

1. 스물두 살에 무예 수련을 시작하다

이순신이 본격적으로 무예를 수련한 것은 스물두 살 때부터입니다. 그전까지는 두 형과 함께 유학을 공부했는데, 공부에도 뛰어난 소질을 보였다고 하니, 무관이 아니었더라도 벼슬길에 나갈 수는 있었을 것 같습니다. 하지만 무슨 이유에서인지 결혼 직후인 스물두 살 때부터 활을 쏘고 말을 타며 무예를 수련하기 시작합니다. 이순신의 무예 수련에 큰 힘이 되어 준 사람은 바로 이순신의 장인인 방진이었습니다. 방진은 본래 무관 출신으로 보성 군수를 지냈는데, 아들이 없는 터라 이순신을 무척 아끼고, 적극 후원하였던 것 같습니다. 이순신 또한 훗날 장인 장모의 제사를 직접 지냈다고 하고요.

이순신의 무과 급제 통지서

2. 십 년 만에 무과에 급제하다

이순신은 무예를 수련한 지 십 년 만에 무과에 합격합니다. 당시 나이 서른둘이니 이른 나이는 아니지요. 무과에 급제했다고 바로 벼슬자리가 생기는 것은 아닙니다. 이순신도 무과에 급제한 뒤, 거의 1년 동안 벼슬을 얻지 못하다가 그해 말에 겨우 권관(종9품)으로 함경도 삼수 고을에 부임하여 3년 동안 지내게 됩니다. 이곳은 사람들 사이에 귀양지로 알려진 곳으로, 여진족이 침입이 잦은 곳이었습니다.

3. 깐깐한 성격 탓에 윗사람의 미움을 사다

함경도 험한 땅에서 3년 동안 성실하게 근무한 이순신은 서른다섯 살에 훈련원 봉사(종8품)가 되어 서울에 옵니다. 드디어 승진을 한 것이지요. 그런데 이때 훈련원 상관인 서익이 이순신에게 원칙에서 벗어나는 무리한 요구를 합니다. 이순신은 딱 잘라 거절해 버렸고, 이 일로 나중 서익은 이순신에게 두고두고 앙갚음을 합니다. 그래도 이순신은 능력을 인정받아, 같은 해 10월 충청도 병사에 군관(참모)으로 옮겼다가, 이듬해 7월에는 수군 만호(종4품)로 승진하여 고흥 내발리에 있는 발포로 갑니다. 파격적인 승진이었습니다.

조선 시대에 그려진 것으로
추정되는 이순신 영정

4. 첫 번째 파직과 복직

그런데 1582년 1월. 예전 훈련원 봉사로 있을 때 미움을 샀던 서익이 군기 경차관으로 와서 군기를 보수하지 않았다고 위에다 보고하는 바람에 첫 번째로 관직에서 쫓겨나게 됩니다. 다행히 그해 5월, 다시 관직에 임명되어 훈련원 봉사(종8품)가 되기는 하지만, 품계는 형편없이 떨어져 버렸습니다. 당시에는 한번 관직에서 쫓겨나면 다시 복직되는 거의 없던 터라, 이 과정에서 어릴 적 친구인 유성룡의 도움이 있었을 거라 짐작하고 있습니다.

5. 변방에서 공을 세우다

발포 만호로 있을 때, 이순신의 상관으로 있었던 이용이 함경남도 병사로 가게 되면서 특별히 조정에 청하여 이순신을 군관으로 데리고 갑니다. 이게 7월이고, 두 번째 함경도 발령입니다. 그리고 그해 10월, 함경북도 건원보 권관으로 가게 된 이순신은 여진족 대장을 사로잡는 등, 오랑캐 토벌에 공을 세웁니다. 하지만 아버지가 돌아가시면서 삼년상을 치르기 위해 관직에서 잠시 물러나게 됩니다. 이순신이 삼년상을 치르는 동안에도 북쪽에서는 여진족의 침략으로 골치를 썩고 있었던 터라, 조정에서는 자주 이순신의 삼년상이 언제 끝나는지 확인하였다고 합니다.

6. 관직에 다시 복귀하여 함경도로 가다

삼년상을 마친 1586년 1월, 이순신은 잠시 궁궐의 수레와 말을 관리하는 사복시의 주부(종6
품)이 되었다가 여진족의 침범이 있자, 16일 만에 다시 함경도 경흥 고을의 조산보 만호(종4
품)가 되어 갑니다. 이때 이순신은 조산보의 만호를 맡으면서 녹둔도(두만강이 바다로 들어
가는 어귀에 자리잡은 삼각주) 둔전관('둔전'은 군대가 경작하는 밭을 일컫는 말로, '둔전관'
은 둔전을 관리하는 관리)을 겸하고 있었는데, 이 말은 북방 최전선의 군사 지휘관이 후방에
서 군사들의 양식을 생산하는 농장의 관리인 노릇까지 하고 있었다는 것입니다.

7. 첫 번째 백의종군

북관유적도첩(北關遺蹟圖帖)
수책거적도(守柵拒敵圖) -
조산보의 만호로 일하던 이
순신이 오랑캐의 침입에 맞
서 농민을 보호한 이야기를
그림으로 그린 것이다.

그런데 농사철에는 군사들이 둔전을 경작하느라 여진족이 쳐들어오
면 방어할 군사가 부족했습니다. 그래서 이순신은 녹둔도의 방어를
위하여 상부에 군사를 더 보내줄 것을 요청했습니다. 하지만 함경도
병사 이일은 이 요청을 들어주지 않았고, 결국 여진족의 습격을 당
하여 백성들이 잡혀가는 지경이 되었습니다. 이순신이 즉시 반격하
여 적장을 죽이고, 끌려가던 백성들도 모두 구출해 돌아왔습니다.
하지만 북병사 이일은 오히려 이순신한테 경비를 소홀히 했다고 죄
를 뒤집어 씌워 처벌해 줄 것을 조정에 요청했습니다. 하지만 과거
와는 달리 이때는 이순신도 적극적으로 자신을 방어하고 나섰습니
다. 하지만 이순신의 적극적인 해명에도 조정에서는 이일의 주장을
받아들였고, 이순신은 곤장을 맞고 백의종군하게 되었습니다. 첫
번째 백의종군이었습니다.

8. 몇 번이고 다시 일어나다

하지만 이대로 끝날 이순신이 아니었습니다. 이듬해 1월, 조정에서는 여진족의 거점을 공격하
기로 결정하였고, 이순신은 함경병사 이일, 원균 등과 함께 참전하여 큰 공을 세워 백의종군에
서 벗어날 수 있었습니다. 1589년, 전라도 순찰사 이광이 조정에 특별히 요청하여 이순신을
자신의 군관 겸 조방장(종4품)으로 삼았고, 1590년 11월에는 선전관으로 잠시 서울에 왔다
가, 12월에는 유성룡의 추천으로 정읍 현감(종6품)이 되었습니다.

9. 남다른 책임감으로 조카들을 돌보다

현감은 무관직인 만호보다는 품계는 낮지만 한 고을 수령이 되면 생활비를 자유롭게 만들어 쓸 수가 있어서 당시에는 승진이라 여겼습니다. 이순신은 정읍 현감으로 부임하면서 스물이 넘는 식구들을 데리고 내려갔습니다. 제 식구들뿐 아니라, 일찍 죽은 두 형의 식구들까지 보살 피기 위해 데려갔던 것입니다. 그런데 당시에는 관리가 지방 발령을 받을 때, 자기 자식이 아 닌 다른 식구들을 데려가면 '남솔'이라 하여 관직에서 쫓겨나기도 하던 때였습니다. 하지만 이 순신은 "내 비록 남솔이라는 허물을 쓰고 관직에서 쫓겨나더라도 의지할 곳 없는 어린 조카들 을 어찌 내버릴 수 있겠는가." 하며 끝까지 조카들을 내버리지 않았습니다.

10. 전라좌수사에 임명되다

마침내 임진왜란이 일어나기 1년 2개월 전인 1591년 2월 에 전라좌수사로 임명되기에 이릅니다. 전라좌수사의 정 식 명칭은 '전라좌도 수군절도사'입니다. 품계는 정3품으 로 좌수사 아래로는 5개 수군 부대가 있습니다. 좌수사가 일하는 좌수영은 여수에 있었고, 이미 이순신이 부임하 기 100년 전에 설치된 것이라고 하니, 여수는 대대로 해 군의 전통이 있는 곳입니다.

1795년 간행된 『이충무공전서』에 실려 있 는 그림 중 전라좌수영 거북선의 모습을 그린 것이다.

11. 전쟁 준비에 나서다

이순신은 전라 좌수사에 임명된 뒤, 본격적인 전쟁 준 비에 나섰습니다. 이순신은 왜구들에게 잡혀갔다 도망 쳐 온 자들을 통해 일본군에 대한 정보를 파악하고, 이를 준비하였습니다. 일본의 가볍고 빠른 전선에 맞서기 위 한 전략을 수립하고, 거북선도 만들었습니다. 조선 수군 의 주된 무기는 활이었기 때문에 임진년 1월부터 4월까 지 무려 30여 차례나 활쏘기 대회를 열어 군사들의 훈련 을 이끌었다고 합니다.

이순신이 1594년 4월 한산도 진중(陣中) 에 있을 때 만든 칼이다. 전장에서 실제 로 쓴 것이 아니라 곁에 두고 정신을 가 다듬기 위해 사용한 것으로 보인다.

백전백승의 장수,
이순신의 죽음

이순신이 전선 수십 척을 거느리고 진도 벽파정 아래에 진을 치니, 적장 마안둔과 마득시가 전선 이백 척을 거느리고 공격해 왔다. 순신이 배에 대포를 싣고 바람을 등지고 달려 나오며 포를 어지럽게 쏘니, 마득시가 당하지 못하고 달아나거늘, 순신이 뒤를 따라 공격하여 적장 마안둔까지 잡아 목을 베어 버렸다. 드디어 고금도에 진을 세우니, 군사가 이미 팔천여 명이요, 남쪽 백성이 피란하여 오는 자가 수만 명이 되었다.

무술년(1598년) 칠월, 명나라 수군 도독 진린이 순신과 더불어 적을 치려고 한양에서 고금도로 출발할 때, 선조 임금이 강가까지 나와서 배웅하였다. 진린은 본디 천성이 거칠어 두려워하는 자가 많았다. 진린이 이러하니, 그의 군사가 수령을 욕보이는 데 조금도 거리낌이 없고, 어떤 자는 찰방인 이상규를 무수히 때려 피투성이를 만들어 버렸다. 임금이 근심하여 순신에게 편지를 보내길, "진린을 후하게 대접하여 분노를 사는 일이 없도록 하라." 하였다.

이순신은 진린의 소문을 듣고는, 한편으로 맛난 술과 고기를 준비하여 진린을 맞이하고, 한편으로 천병을 잘 먹여 위로하니, 명나라 군사들이 서로 일러 말하길,

"과연 훌륭한 장수로다."

하고, 진린 또한 기꺼하더라.

하루는 도적의 배 수백 척이 공격해 온다는 보고가 올라왔다. 순신과 진린이 각각 수군을 거느리고 녹도에 이르니, 적이 아군을 보고는 짐짓 뒤로 물러가는 척하며 유인하였다. 순신이 따르지 아니하고 돌아올 때, 진린이 전선 수십 척을 몰아 싸움을 돕게 하였다. 이날 순신은 적의 전선을 물리치고 무수한 왜적의 목을 베었다.

싸움이 끝나고 진린과 순신이 마주 앉아 술을 마시고 있는데, 진린의 부하장수 천총이 전라도에서 돌아와 말하였다.

"오늘 아침에 도적을 만나 조선 군사는 도적 백여 명을 죽였으나, 우리 군사는 바람이 불리하여 하나도 잡지 못하였습니다."

진린이 듣고는 크게 분노하여 천총을 내치고 잡고 있던 술잔을 땅에 던지니, 순신이 그 뜻을 알아채고는 말하였다.

※ **찰방(察訪)** — 조선 시대에, 각 도의 역참 일을 맡아보던 종육품인 문관의 벼슬.

"우리의 승리는 곧 장군의 승리입니다. 싸움터에 도착한 지 얼마 되지 않아 첩서를 명나라 조정에 보내게 되시니 어찌 아름답지 아니하리오."

이처럼 순신이 천병에게 공을 돌리고, 조선 군사들이 거둔 적의 머리까지 내주니, 진린이 크게 기뻐하여 순신의 손을 잡고 말하길,

"내 일찍이 그대의 이름을 천둥처럼 크게 들었더니 과연 그대로구려."

하고, 다시 술을 내와 즐기니라.

이때부터 진린은 순신이 군사들을 지휘하는 데 엄정함이 있는 것을 보고 탄복할 뿐 아니라, 명나라 전선이 도적을 막기에 불편하다며, 매번 조선의 판옥선을 타고 순신의 지휘를 따랐다. 또한 이순신을 부를 때는 반드시 '이야'라 일컫더라.

천병이 비록 순신을 우러르기는 하나, 조선 백성들에게 해를 끼치는 일이 많았다. 하루는 순신이 명령하길, 섬에 있는 크고 작은 숙소를 불 지르라 하고, 또 스스로 자기 옷가지를 수습하여 배에 내치니, 진린이 이 소식을 듣고 급히 아랫사람을 보내어 까닭을 물었다. 순신이 말하였다.

"조선 백성이 천병 믿기를 저의 부모같이 하는데, 천병이 오히려 노략질에 힘을 쓰니 백성들이 괴로움을 견디질 못하고 있나이다. 내가 대장이 되어 무슨 낯으로 이곳에 머물 수 있겠습니까. 다 버리고 다른 곳으로 가고자 합니다."

진린이 듣고는 크게 놀라 단걸음에 달려왔다. 진린이 순신의 손을 잡고 좋은 말로 말리며, 사람을 보내어 그 옷가지를 가져와 순신에게 드리고 가지 말라 간청하였다. 그러자 순신이 조심스럽게 말하였다.

"대인께서 내 말을 들어주신다면 떠나지 않겠소이다."

"내가 어찌 공의 말을 듣지 아니하리오."

"천병이 조선을 소국이라 무시하고 조금도 거리낌이 없으니, 만약 대인이 나로 하여금 지휘케 하면 염려가 없을까 하나이다."

"이 일이 무엇이 어려우리오. 만일 죄를 범하는 자가 있거든 공이 마음대로 처리하시오."

순신이 허락받은 후에 천병 중에 백성을 노략질하는 자를 용서하지 않으니, 천병이 두려워하기를 진린보다 더하더라.

무술년 구월, 군무 총독 형개가 다시 군사를 일으켜 제독 마귀에게 울산을 지키게 하고, 동일원에게는 사천을 지키게 하고, 진린을 재촉하여 도적을 치라 하였다. 진린이 순신과 더불어 수군을 거느리고 좌수영 앞에 진을 쳤다가, 적들이 장차 돌아가려 한다는 것을 알고 즉시 순천 왜교에 이르니, 그곳에 평행장의 선봉 부대가 있었다. 순신이 남해현감 이행장 등과 더불어 전선 십여 척을 거느리고 적진을 공격하여 왜선 네다섯 척을 깨뜨리고 돌아왔다. 이날 명나라 육군 도독 유정이 군사 이만 명을 거느려 왜교 북쪽 편에 진을 세우고 평행장을 치려 하니, 평의지가 군사를 이끌고 남해에서 나와 행장의 진으로 가거늘, 사도첨사 황세득이 맞아 싸우

※ 판옥선(板屋船) ― 조선 시대에. 널빤지로 지붕을 덮은 전투선. 명종 때에 개발한 것으로, 임진왜란 때에 크게 활약하였다.

※ 이야(李爺) ― '야'는 아버지를 뜻하는 말로, 아버지와 같이 받든다는 것으로 매우 높여서 부르는 말이다.

※ 왜교(倭橋) ― 왜교성(倭橋城)이라고도 함. 순천에 있는 일본식 성곽으로, 정유재란 때 일본군이 만들었다.

다가 죽고 말았다.

그해 십일월, 적진에서 도망친 변성난이 순신에게 와 말하였다.

"일본 관백 평수길이 죽었으니, 적들이 급히 돌아가려 한답니다."

싸움의 기세는 일본에 불리하게 전개되고 있었다. 이때, 우리 군사에 막혀 돌아가지 못하게 된 평행장은 진린에게 뇌물을 주어 화친을 청하였다. 진린이 순신에게 이 말을 전하나 순신이 듣지 아니하였다. 그러자 이번에는 행장이 직접 순신에게 조총과 보물을 보내며 다시 화친을 청하였다. 하지만 순신은 끝내 듣지 아니하니라.

진린이 이미 행장이 준 뇌물을 받은 터라, 어떻게든 평행장이 돌아갈 수 있게 자신의 군사들을 다른 곳으로 돌려 길을 열어 주려 하였다. 진린이 순신에게 말하였다.

"내 남해에 있는 도적을 치고자 하오."

"남해 도적은 본디 조선 백성으로 왜적이 아니오. 어찌 그들을 해친다는 말을 하십니까? 황제께서 장군을 보내신 것은 왜적을 쳐 민심을 수습코자 하심인데, 지금 장군이 하는 말은 황제의 뜻이 아닌 것 같소이다."

"내 말을 거역하는 것은 황제께 거역하는 것이오. 그래도 따르지 못하겠소?"

"내가 죽는다 해도 죄 없는 백성을 해칠 수는 없소이다."

순신이 끝까지 뜻을 굽히지 않으니 진린도 결국 포기하였다.

십일월 십칠일, 해가 지고 땅거미가 내리기 시작할 무렵 행장이 불을 놓아 곤양, 사천에 있는 왜적에게 도움을 청하였다. 이들은 일본 산주 출신의 군사들로 대단히 용맹한 자들이었다. 행장은 이들을 선봉으로 삼아 조

선 수군의 포위를 뚫고 도망하고자 하였다.

　순신이 이를 알고 진린과 더불어 노량 앞바다에서 적선 백여 척을 격파
하고 돌아왔다. 순신이 하늘을 우러러 네 번 절하고 도적을 모두 없애기
를 청하는데, 문득 큰 별 하나가 바다로 떨어지니, 순신이 하늘을 우러러
탄복하였다. 다시 순신이 진린과 더불어 청정의 전선을 맞아

싸우는데, 문득 급한 철환이 날아와 순신의 가슴을 맞혀 바로 등을 뚫고 나가는지라. 순신이 말하길,

"싸움이 급하니 나의 죽음을 알리지 말라."

하고, 명을 전하니, 순신의 조카 완이 대담하고 꾀가 있어 그 사촌더러 말하였다.

"이 지경을 당하여 어찌 슬픔을 참을 수 있을까만은, 만일 장군의 죽음이 새어 나가면 군사들이 동요하리니, 도적이 그 틈을 타 공격하면 시신도 보전하지 못하리라."

그러고는 순신을 대신하여 싸움을 재촉하였다. 때마침, 진린의 전선이 도적에게 둘러싸여 위기에 처해 있는 것을 보고, 완이 군사를 지휘하여 적선을 공격하니 도적이 달아나는지라. 진린이 크게 기뻐하며 말하였다.

"통제사는 어디에 계시느냐?"

완이 진린 앞에 나아가 통곡하며 말하였다.

"숙부께선 이미 돌아가셨나이다."

"통제사가 죽었으니, 이제 누가 능히 나라를 구하리오."

진린이 가슴을 두드리니 두 나라 군사들이 또한 슬퍼하더라.

이때, 행장이 겨우 목숨을 건져 일본으로 돌아가고, 곤양, 사천, 부산 등의 도적들 또한 일시에 돌아가니라.

순신의 아들 회와 조카 완이 시신을 모시고 아산으로 갈 때, 백성들이 슬퍼하고, 진린의 부하 장수들 또한 눈물을 흘리고 만장을 지어 순신의 공덕을 찬양하더라.

선조 임금이 순신의 죽음을 듣고는 하염없이 눈물을 흘리고, 즉시 예관

을 통해 음식과 글을 보내어 제사를 지내게 하더라. 또한 순신을 우의정으로 벼슬을 올리고, 영풍부원군에 봉하며 시호를 '충무공'이라 하니, 공의 이때 나이 쉰네 살이니라.

　순신의 부하 장수들이 충무공을 위하여 묘당 세우기를 청하는데, 조정이 그 뜻을 따라 경상좌수영 북쪽에 묘당을 세우고 이름을 '충무사'라 하였다. 또 호남 백성들이 다투어 재물을 내어 비석을 만들어 감사에게 새겨 줄 것을 청하건대, 감사가 지례현감 신인도를 보내어 비에 새기기를, '조선국 우의정 영풍부원군 충무공 이장군 타루비'라 하여, 비석은 좌수영을 오가는 길목에 세웠다. 그 뒤 이운용이 통제사로 있을 때, 민심을 받들어 묘당을 세우니 크고 작은 배들이 길을 떠날 때에 고사를 지내었다. 영남 백성들도 노량에 공의 묘당과 비를 세우고, 배가 들고 날 때마다 정성으로 제사를 지내더라.

※ **만장(輓章)** — 죽은 이를 슬퍼하여 지은 글. 또는 그 글을 비단이나 종이에 적어 기(旗)처럼 만든 것.
※ **시호(諡號)** — 공덕을 칭송하여 붙인 이름.
※ **묘당(廟堂)** — 죽은 사람을 기려서 제사를 지내기 위해 세우는 집.
※ **타루비(墮淚碑)** — 한 사람의 충성과 덕을 기려기 위해 세운 비석으로, '타루'는 '눈물을 흘림'이라는 뜻.

내 비록 천한 기생이나

왜적이 처음 조선에 나올 때, 진주를 치다가 김시민 장군에게 크게 패한 적이 있었다. 그래서 정유년(1597년)에 다시 나올 때, 진주를 깨뜨려 전날의 원수를 갚고자 하였다. 결국 왜적은 진주성을 무너뜨리고 사람을 보는 족족 죽여 버렸다.

이때, 진주성에 논개라는 기생이 있어, 손가락을 꼽을 만한 미인이었다. 왜장이 논개를 데리고 촉석루에서 희롱하고자 하니, 논개가 속으로 생각하길,

'내 비록 천한 기생이나, 어찌 도적에게 몸을 더럽히리오.'

하고, 한 가지 꾀를 내고는 적장에게 말하였다.

"내 천생이 괴이하여 한 가지 고집이 있으니, 내 말을 들어주면 비록 사

지라도 내 피하지 아니하겠으나, 그렇지 않으면 내 만 번 죽어도 장군의 명을 따르지 아니하리라."

"바라는 것이 무엇이냐?"

논개가 강을 가리키며 말하였다.

"저 강가 바위 끝에서 둘이 함께 춤을 춘 후에 장군을 따르고자 하나이다."

적장이 허락하고 논개와 함께 바위 위에서 춤을 추게 되었다. 적장이 점점 춤에 빠져 긴장을 풀더니, 그 틈을 타 논개가 적장의 허리를 안고 물에 뛰어들었다. 드넓은 강물이 두 사람을 순식간에 삼켜 버리니, 간 곳을 모르더라. 적장이 이렇듯 갑자기 죽으니, 적병이 성을 버리고 돌아가고, 이로써 진주를 다시 찾게 되었더라.

논개는 천대받던 기생이었으나 굳센 마음과 민첩한 지혜가 옛사람에 견주어도 조금도 부끄럽지 아니하더라. 뒷날 사람들이 그 바위에 글을 새기길, '한 시대의 큰 강물이요, 천년 세월의 의로움이라.' 하니라.

강원도 평강에 한 사람이 있었으니, 이름이 김덕령이라. 일찍 병법을 숭상하여 힘과 용맹이 뛰어났다. 난리가 일어났을 때는 아버지를 여의어 홀어머니만을 모시고 있었다. 하루는 어가가 의주로 피란한다는 소식을 듣고 어머니께 말하였다.

"소문을 들어 보니 왜적이 침범하여 온 나라가 들끓고 있다 합니다. 소

※ 천생(天生) ─ 하늘로부터 타고남. 또는 그런 바탕.

자가 잠깐 나아가 적병을 물리치고 올까 하나이다."

"네 비록 충심이 있다 하나 지금은 아버지 상중이 아니냐. 또한 자식이라고 너 하나뿐인데, 어찌 전쟁터에 나가려고 하느냐?"

"조선의 백성으로 난리를 당해 어찌 편안히 집에만 있겠습니까."

"네 말이 옳다만 너를 보내고 밤낮으로 근심걱정에 내 어찌 살겠느냐."

"그렇다면, 잠깐 나가 적의 세력을 구경이나 하고 오리이다."

"그러하면 잠깐 다녀오너라."

덕령이 크게 기뻐하며 갑옷을 갖춰 입고 집을 나섰다. 그렇게 길을 떠나 황해도 동선령에 이르니 왜적이 성을 빼앗아 지키고 있었다. 덕령이 성문 앞에 이르러 청정을 불러 크게 꾸짖어 말하였다.

"네가 하늘의 뜻을 모르고 한갓 제 힘 센 것만 믿어 우리 조선을 침범하는가. 이제라도 목숨을 살리고 싶으면 스스로 물러가거라. 만일 그러지 않으면 모두 내 손에 죽을 것이다. 내 말을 믿지 못하겠거든 내 재주를 보라."

그러고는 덕령이 공중에 몸을 날려 군사들 사이를 종횡무진으로 왕래하니, 군사들이 서로 보며 놀라더라. 덕령이 청정을 불러 다시 말하길,

"내일 오시에 다시 올 것이다. 네 끝내 나를 가벼이 여겨 물러가지 아니하면 내 손에 죽을 것이다."

하고, 간데없이 사라지니 청정이 괴이히 여겨 병사들에게 명령을 내렸다.

※ 종횡무진(縱橫無盡) — 자유자재로 행동하여 거침이 없는 상태.
※ 오시(午時) — 오전 열한 시부터 오후 한 시까지이다.

"내일 저놈이 다시 올 것이니 활과 총을 잘 준비하였다가 한꺼번에 쏘아 죽이라. 제가 비록 귀신이라도 벗어나지 못할 것이다."

다음 날, 덕령이 또 자취 없이 진에 들어와 외쳐 말하였다.

"너희가 정녕 물러가지 아니하니, 내 한칼로 너희를 죽여야 할 것이나, 마지막으로 한 번 더 기회를 주마. 나의 신기한 재주를 보려 하거든 내일 오시까지 너의 군사들 머리에 흰 종이를 붙이고 있으라."

이러고는 또 간데없이 사라지거늘, 청정이 또다시 명령을 내리길,

"내일 오시에 놈이 다시 올 것이니, 조총을 준비하였다가 혹 짐승일지라도 저 문을 넘어오는 것이 있으면 한꺼번에 총을 놓으라."

하고, 군사의 머리에 각각 종이를 붙이고 기다리니라.

다음 날 오시가 되니, 문득 덕령이 산속에서 내려와 말하였다.

"너희가 끝내 나의 말을 가벼이 여기고 당돌히 물러가지 아니하는가."

이러고는 바람 '풍(風)' 자를 써서 공중에 던지니, 문득 큰 바람이 일어나며 한 치 앞도 분간하지 못하게 되었다. 이윽고 하늘이 거짓말처럼 맑아지고, 바람이 뚝 그치더니, 도적의 머리에 붙인 종이가 모두 사라지고 없는지라. 덕령이 또 청정을 불러 말하길,

"너희가 돌아가도록 그렇게 달래어 이르되 끝내 깨닫지를 못하는구나. 오늘날 나의 재주를 보았느냐? 혼자서 네 군사들의 머리에 붙은 종이를 순식간에 거둘 때 어찌 너희를 죽이지 못하였으랴마는, 내 몸이 지금 상중에 있고, 나라에 허락을 받지 아니하였기로 그나마 너의 목숨을 보전한 것이다."

하고는, 곧이어 초인을 만들고 숨을 불어 넣어 진중에 들여보내니, 군사

들의 눈에 뵈는 것이 다 김덕령이라. 도적들이 덕령을 잡겠다고 저희들끼리 화살과 돌을 던지니, 서로 맞아 시체가 산처럼 쌓이고 피 흘러 냇물이 되니 남은 군사는 겨우 백여 명이라. 마침내 청정이 덕령의 재주에 항복하고 군사를 거두어 물러나니라.

이 일이 있은 뒤, 하루는 병조판서 이옥이 선조 임금께 아뢰어 말하였다.

"신이 듣기로, 강원도 평강에 사는 김덕령이란 자가 그 지역에서는 아주 용맹한 사람으로 이름이 높다 합니다. 그런데 이번 난리에 나서지 않고 있다가 몰래 왜장 청정의 진에 들어가 통하였다 하오니, 당장 잡아다가 그 뜻을 물으소서."

임금이 듣고 노하여 의금부 도사를 보내어 덕령을 잡아오라 하였다. 마침 김덕령은 청정을 조화를 써서 물리치고 집에 돌아와 있었다. 의금부 도사가 찾아와 임금의 명을 전하니, 덕령은 까닭도 모른 채 잡혀 올라갔다. 그러다 철령에 이르러 도사에게 간청하여 말하였다.

"이곳에 친한 사람이 있으니 잠깐 보고 갑시다."

도사가 허락하지 않으니, 덕령이 버럭 화를 내어 말하였다.

"아무리 어명이라 한들 어찌 잠깐의 사정도 못 봐준단 말이오."

이러고는 맨손으로 소나무를 무수히 찍어 베어 내니, 도사가 혼이 나가 아무 말도 못하더라. 이윽고 한 사람이 공중에서 내려와 덕령의 손을 잡고 통곡하여 말하였다.

"덕령아, 내가 너에게 이런 변을 당할 것이라고 하지 않더냐. 이제 누구를 원망하리오. 나는 이 길로 산속에 들어가 세상을 보지 아니하리라."

둘은 서로 손을 잡고 목을 놓아 통곡하였다. 덕령이 그 사람과 이별하

고, 드디어 도성에 도착하여 임금 앞에 무릎을 꿇었다. 선조 임금이 엄하게 꾸짖어 묻기를,

"너가 신기한 재주를 품고도 난리 때 몸을 감춘 것은 무슨 까닭이며, 적진에 들어가 사흘 동안 청정과는 무슨 일을 꾸민 것이냐?"

하니, 덕령이 울며 말하였다.

"소신이 오대 독자로 일찍이 아비를 여의고 상중에 늙은 어미를 모시고 있던 터라, 난리가 난 줄 알면서도 돕지 못하였습니다. 또 청정의 진에 드나든 것은 도적이 스스로 물러가게 하려 한 것이로소이다."

선조 임금은 덕령의 말을 듣고도 믿으려 하지 않았다. 오히려 더욱 화를 내어 무수히 매질하라 명하였다. 하지만 덕령은 조금도 두려워하지 않았다. 임금은 덕령이 죽지 않는 것을 보고 분노하여,

"저놈을 죽을 때까지 치라."

하니라. 수도 없이 쏟아지는 매를 가만히 맞고 있던 덕령이 아뢰어 말하였다.

"소인은 형벌로는 죽지 않습니다. 다만 '만고충신 김덕령'이라 하여 현판을 새겨 후세에 전하게만 해 주시면 신이 스스로 죽겠나이다."

선조 임금이 할 수 없이,

"덕령의 말대로 시행하라."

하니, 그제야 덕령이 다리를 들고 비수로 비늘을 하나 떼고는, '치라.' 하였다. 곧 나장이 매를 들어 치니, 덕령이 그 자리에서 죽었다.

왜왕을 베어 임진년의 원수를 갚고자 하나이다

선조 임금이 대궐에 돌아온 뒤, 각 도에 글을 내려 백성을 위로하고, 공을 세운 장수들에게 차례로 벼슬을 내리는데, 김응서를 도원수를 삼고, 제주에서 군사를 일으켜 공을 세운 강홍립을 부원수로 삼아 군사를 총감독하라 하더라.

어느 날은 김응서가 강홍립과 의논하길,

"우리가 나라의 은혜를 입어 이렇게 벼슬도 높아지고 귀하게 되었으니, 죽기를 각오하고 국은을 갚아야 하지 않겠소. 이제 대군을 일으켜 일본을 멸하고 왜왕을 베어 임진년의 원수를 갚음이 어떠하오?"

하니, 홍립이 또한 응낙하고 나아가 임금께 아뢰었다.

"신 등은 시골의 천한 사람으로 외람되게도 큰 벼슬을 받자오니 망극할

따름이라. 온 힘을 다하여도 국은을 갚을 길이 없사옵나이다. 생각하옵
건대 일본이 이번 싸움에 분을 품고 다시 침범할 듯합니다. 청컨대 군사
를 거느리고 일본에 들어가 왜적을 소멸하고 왜왕을 베어 후환이 없도록
함이 마땅할까 하나이다."

"경들의 말이 참으로 좋으나, 만 리 바닷길에 행여 잘못될까 걱정이오.
그러하나 경들의 충심을 막지 못하나니 각별히 조심하라."

선조 임금이 김응서를 팔도 도어사로 삼고 강홍립을 총대장으로 삼으
니, 두 장군이 엎드려 절하고 물러 나와 각 도에 공문을 보내니라.

드디어 김응서와 강홍립이 일본으로 떠나는데, 선조 임금이 두 장군의
손을 잡고 말하였다.

"경들이 충성을 다하여 조선의 위엄을 타국에 빛내면 어찌 아름답지 않
으리오. 절대 적을 가벼이 보지 말고, 속히 성공하여 돌아와 임금과 신하
가 서로 반기게 하라."

두 장군은 명령을 받잡은 후, 홍립은 선봉장이 되고, 응서는 후군장이
되어 정병 이만을 거느리고 길을 떠나니, 이때는 무술년(1598년) 사월이
라. 군사가 부산에 이르러 배를 띄우려 할 때, 문득 공중에서 누군가 응서
를 불러 말하였다.

"장군은 잠깐 내 말을 들으라."

응서가 깜짝 놀라 돌아보니, 옷 벗고 발 벗은 사람이 천천히 공중에서
내려와 앞에 서는 것이었다. 응서가 괴이하게 여겨 물었다.

"너는 어떤 사람이며 무슨 말을 하고자 하느뇨?"

"나는 조선에 의지하여 머무는 '어득광'이라 하는 귀신이오. 마침 장군

의 운수를 살펴보니, 행군을 천천히 해야 반드시 전쟁에서 성공하리라."

어득광은 이 말만 하고는 문득 사라져 버렸다. 응서가 괴상하게 여겨 행군을 멈추고 홍립을 불러 귀신의 말을 전하니, 홍립이 말하길,

"큰일을 할 때는 작은 일을 돌보지 않아야 합니다. 어찌 귀신의 말 때문에 대군을 멈추게 한단 말이오."

하고, 북을 울려 행군을 재촉하였다. 그러자 또 그 귀신이 나타나 응서의 진 뒤에서 통곡하였다.

"장군이 내 말을 듣지 아니하면 큰 화를 당하리라."

응서가 다시 징을 쳐 군사를 멈추게 하니, 홍립이 크게 성을 내며 말하였다.

"장군이 병법을 모르시는구려. 병서에 이르길, '일단 군대를 일으키면 적이 대비하기 전에 서둘러 공격해야 한다.' 했소. 또한 나는 선봉이요, 장군은 후군장이라. 어찌 내 말을 듣지 않는 것이오. 만일 다시 한 번 군사를 멈추게 하면 군법으로 다스리겠소."

"만일 후회할 일이 일어나도 나를 원망치 말라."

이러고는 응서도 더 이상 말하지 않더라. 군대가 행군하여 여러 날 만에 일본국 동선령에 다다르니라.

이때, 왜왕은 전쟁에서 패한 것에 분노하여 다시 군사를 일으켜 조선을 침범할 기회를 노리고 있었다. 하루는 천기를 살피다 조선이 군사를 일으켜 일본으로 오고 있다는 것을 알게 되었다. 깜짝 놀라 장군 예팔도와 예팔낙을 불러 정병 삼만을 주며 말하였다.

"급히 나아가 동선령 왼쪽의 좁은 골짜기에 매복하였다가 도적이 모일

모시에 그곳에 오거든 일시에 내달아 치되, 만일 그때까지 오지 않거든 기다리지 말고 돌아오라."

두 장군이 명령을 듣고 바로 길을 떠나니라.

이때, 홍립의 군대가 동선령 아래 도착하니, 군사 하나가 보고하였다.

"고개 아랫길이 비좁아 행군하기 어렵습니다."

하지만 홍립은 골짜기에 적병이 숨어 있을 거라고는 조금도 의심치 않고, 군사를 재촉하여 고개를 넘었다. 문득 대포 소리와 함께 좌우에서 복병이 내달아 치니, 먼 길에 지친 조선군이 어찌 적병의 굳센 기세를 당하리오. 홍립과 응서가 뜻밖의 적병을 만나 미처 대열을 정비하지 못하여 순식간에 수만의 군사를 잃고 말았다. 응서가 탄식하여 말하였다.

"이제 남의 나라에 와 대군을 다 잃었으니, 무슨 낯으로 고국에 돌아가 임금을 뵈오리오."

응서가 홍립을 보고 꾸짖어 말하였다.

"이는 다 장군의 허물이오."

이때, 일본 재상 홍대연이 왜왕께 고하여 말하였다.

"적병을 다 무찔렀사오니, 장수들을 모아 검술로 승부를 가리시지요."

홍대연은 또 예팔낙과 예팔도에 명하여 진을 치라 하였다. 두 장수가 명령을 받잡고 조선군 가까운 곳에 진을 친 후, 진문을 나서며 크게 호령하였다.

"적장은 나와서 검술로 승부를 가리자."

응서가 이 말을 듣고 크게 기꺼하여, 즉시 칼을 들고 나서며 외쳐 말하였다.

"적장은 멀리 서지 말고 가까이 오라."

왜장이 듣고 의기양양하여 나아오거늘, 응서가 크게 꾸짖어 말하였다.

"너희가 우리 군사 없음을 알고 가벼이 여기는구나. 오늘은 내 칼을 피하지 못하리라."

그러고는 서로 검술로 싸우는데, 응서가 처음에는 재주 없는 체하며 눈을 반만 뜬 채 서 있었다. 적장의 칼이 가까이 들어오거늘, 응서가 그제야 눈을 뜨고 소리를 벼락같이 지르며 칼을 휘둘러 순식간에 적장의 칼을 빼앗고, 공중에 몸을 솟구쳐 그 칼로 예팔낙과 예팔도의 머리를 베어 땅에 내리쳐 버렸다. 왜왕이 보고 크게 놀라 넋을 잃고 있으니, 신하들이 말하였다.

"우리 장수의 검술도 뛰어나온데, 적장의 재주는 더욱 신기하여 남의 칼을 빼앗아 우리 장수를 죽이니 이는 귀신이라. 일본에는 당할 자가 없을 것 같으니, 적장을 불러 잘 달래어 화친하는 것이 좋을 듯하나이다."

왜왕이 듣고 옳다 여겨 즉시 사관을 보내어 응서와 홍립을 청하였다.

싸움을 마치고 본진에 돌아온 응서를 홍립이 칭찬하고 있는데, 문득 왜국 사관이 들어와 편지를 드리거늘, 받아 보니 이러하였다.

그대들이 비록 이 나라에는 도적이나 조선에는 충신이라. 어찌 남의 나라 충신을 함부로 해치리오. 그대의 충성을 칭찬코자 하여 글월로 청하나니, 모름지기 장군은 사양치 말고 찾아 주길 바라노라.

홍립이 응서를 돌아보며 말하였다.

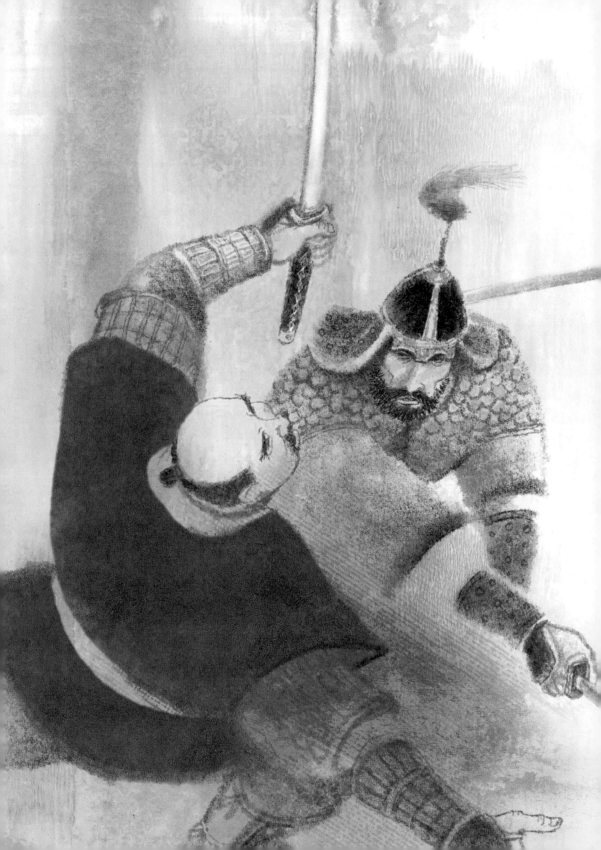

"왜왕이 우리를 청하는 걸 보니 무슨 계략이 숨어 있는 게 아닌지 의심이 되오. 장군의 뜻은 어떠하오?"

"이는 우리와 화친코자 함이오. 나아가 상황을 살펴봅시다."

드디어 응서와 홍립이 사관을 따라 적진에 들어가니, 왕이 손수 자리에서 내려와 맞이하고 자리를 권한 뒤에 말하였다.

"우리 땅이 비좁아 조선과 화친하여 오랜 세월 함께 즐기고자 임진년에 군사를 일으켰더니, 하늘이 살피사 수많은 장수와 군사들을 잃고 말았소. 이는 짐이 부덕한 탓이외다. 장군이 또한 이곳에 들어와 군사를 다 잃었으니, 무슨 낯으로 돌아가 그대 임금을 뵈리오. 옛날 한신은 초나라를 섬기다가 배반하고 한나라에 들어가 대장이 되어 초를 쳐 멸하였으니 사람의 운명은 알 수 없는 것이외다. 그러니 장군도 그대의 충심을 짐에게 옮겨 나와 함께 부귀를 누리는 것이 어떠하오?"

응서와 홍립은 서로 바라만 볼 뿐 대답하지 않았다. 왜왕이 다시 권하지 않고, 두 장군을 가까이 두고 후히 대접하더라. 그러면서도 응서의 속마음을 몰라 왕이 무척 답답해 하니, 이를 본 신하들이 아뢰어 말하였다.

"폐하께서 다시 두 장군을 불러 울적함을 위로하고, 여러 가지로 잘 타이르면 반드시 마음을 고쳐먹을 것입니다."

왕이 듣고 옳다 여겨 두 장수를 청하여 앉힌 후에 잔을 들어 권하여 말하였다.

"그대에게 할 말이 있나니 어렵게 생각 말고 흔쾌히 허락해 주길 바라오."

응서가 듣고 말하였다.

"무슨 말씀이나이까?"

왜왕이 속으로 오래 생각한 것을 말하였다.

"짐에게 누이가 있는데, 나이가 스물이오. 이제 강 장군과 혼인을 시키고자 하는데, 어떠하오? 또 나의 공주가 또한 올해로 스물이라. 영웅을 섬길 만하여 김 장군과 혼인을 시키려 하니 부디 사양하지 마오."

홍립이 먼저 받들어 말하였다.

"대왕께서 패장을 이렇듯 환대하시고, 또 혼인까지 허락하시니 그 은혜 백골난망이로소이다."

응서는 홍립이 허락하는 것을 보고 마지못하여 허락하였다. 왕은 크게 기뻐하며 즉시 날짜를 정해 혼인을 치르더라.

이러구러 세월이 흘러 삼 년이 지나갔다. 하루는 두 장수가 대궐 아래에서 술을 먹으며 이야기를 나누고 있었다. 응서가 말하길,

"우리가 이곳에 와 대군을 다 잃고 돌아갈 기약도 없이 벌써 삼 년이나 흘렀소이다. 그런데도 돌아갈 생각을 하지 않으니, 이는 임금을 배반한 것이나 마찬가지오. 장군은 어찌 하려 하시오?"

그러자 홍립이 낯빛을 바꾸며 말하였다.

"이곳에는 부귀영화가 넘치고, 왜왕의 대접이 또한 극진하니, 나는 결코 돌아갈 마음이 없소이다."

응서가 이 말을 듣고 분을 참지 못하여 말하였다.

"충신은 두 임금을 섬기지 않는다 하였는데, 대장부가 어찌 두 임금을 섬겨 후세에 꾸지람을 받고자 하시오."

"사람의 마음은 다 제각각이니, 나를 다시 귀찮게 하지 말라."

"그러하면 그대는 알아서 하라. 나는 오늘 밤 왜왕의 머리를 베어 들고 고국으로 돌아가리라."

홍립이 이 말을 가만히 듣고 있다가 바로 들어가 왜왕에게 응서의 말을 고하니, 왜왕이 크게 노하여 신하들을 모아 놓고, 응서를 잡아들였다. 왜왕이 크게 꾸짖어 말하였다.

"너의 재주와 충심을 기특히 여겨 남은 목숨을 살려 주고, 또한 부마를 삼았거늘, 네 무슨 원한이 있어 나를 죽이려 하느냐. 네가 돌아가고자 하는 것은 충심이라 하나, 도리어 나를 해치고자 하는 것은 용서할 수 없느니라."

　이러고는 무사들을 돌아보며 명령하길,

　"끌어내 목을 베라."

하니, 응서가 크게 꾸짖어 말하였다.

　"네 하늘의 뜻을 모르고 조선을 침범하였다가 망하고, 겉으로는 우리를 대접하는 것 같으나 다른 속셈이 있다는 것을 내 어찌 모르리오. 내 이곳에 있는 삼 년 동안 네 신세를 많이 졌으나, 내 임금을 생각하면 그런 사사로운 정은 돌아볼 수 없느니라. 너를 베어 임진년 원수를 갚고자 하였더니, 슬프다. 하늘이 무심하시고, 또 홍립이 임금을 배반하니 신하된 자가 차마 못할 짓이로다. 내 강홍립 너를 베어 후세 사람의 경계로 삼고, 내 죽은 후에 혼이라도 임금께 나아가 뵈오리라."

　드디어 비수를 빼어 홍립을 벤 뒤, 하늘을 우러러 탄식하고 칼을 들어 자기의 머리를 베어 던지니, 응서가 타던 말이 응서의 머리를 물고 순식간에 바다를 건너 용강으로 가니라.

　이때, 응서의 부인은 응서를 타국에 보내 놓고 남쪽 하늘을 바라보며 밤낮으로 기도를 하고 있었다. 그러다 하루는 피곤하여 잠깐 조는 사이에 응서가 머리가 사라진 채 나타난 것이다. 부인이 깜짝 놀라 깨니 마음이 서늘하여 속으로 생각하길,

　'남편이 분명 도적에게 죽었구나.'

※ **부마(駙馬)** — 임금의 사위.

하더라. 그러던 어느 날, 부인이 정신이 혼미하여 몸과 마음을 진정하지 못하고 있었는데, 문득 말 소리가 요란하여 밖에 나가 보니, 그 말이 웅서의 머리를 물고 부인 앞에 내려놓는 것이었다. 부인이 자세히 보니 남편의 머리가 분명하였다. 부인이 말하길,

"말은 짐승이라도 집을 찾아오는데, 당신은 어찌하여 머리만 왔단 말이오."

하며, 종일 통곡하다가 그 머리를 상자에 넣어 말에 싣고 길을 떠났다. 며칠 안에 도성에 이르러, 임금 앞에 상자를 드리고 땅에 엎드려 그동안의 사연을 아뢰었다. 임금께서 들으시고 크게 놀라 상자를 올려 친히 보고는 끝내 눈물을 흘리었다. 선조 임금은 즉시 제문을 지어 제사를 지내게 하였다.

오호라, 경이 충심으로 과인을 위하여 출군한 지 삼 년이 넘도록 소식이 없어 밤낮으로 걱정하였더니, 과인이 덕이 부족하여 경이 타국에서 죽고 말았구나. 과인이 지하에 돌아간들 경의 충성을 잊으리오.

제사를 마친 후에 그 머리를 좋은 비단으로 싸고 다시 옥함에 넣어 부인에게 전하였다. 그러고는 웅서는 좌의정으로 벼슬을 올리고, 그 부인은 정렬부인에 임명하시니, 부인이 옥함을 들고 고향으로 돌아가 선산에 장사 지내니라.

강홍립이 일본에 가서 반역자가 되었다고?

임진록은 임진왜란을 배경으로 일본의 침략으로부터 조선을 지키기 위해 목숨을 걸고 싸운 사람들의 이야기를 담고 있는 소설입니다. 소설이기는 하지만 임진왜란이란 역사적 사건을 다루고 있기 때문에 중심 이야기는 역사적 사실에 기초하여 전개되고 있습니다. 임진왜란의 전개 과정도 그렇고, 작품에 나오는 주인공들도 실존 인물이 대부분이고요. 조선군 장수들의 신비한 능력이나, 난데없이 하늘에서 관우가 내려온다든지, 귀신이 나타난다든지 하는 것들은 지어낸 이야기지요. 그런데 누가 봐도 명백하게 사실과 다른 내용이 몇 가지 있습니다. 한번 살펴볼까요?

X파일1

일본이 침략하지 않을 거라고 한 사람이 황윤길이라고?

이 작품에서는 일본이 조선을 침략하지 않을 거라고 말한 인물이 황윤길인 것처럼 나오지만, 실제 『징비록』을 비롯한 역사 자료를 보면 이 말은 김성일이 한 것으로 나옵니다. 김성일은 임금 앞에서 일본의 침략 가능성에 대해, '자신은 그런 낌새를 느끼지 못했다.'라고 말했다는 것입니다. 그렇다면 『임진록』의 작가는 왜 이렇게 기록한 것일까요? 이에 대한 정확한 기록은 없지만, 추정해 볼 수는 있습니다. 사실 조선 통신사의 일본 내 활동에 대한 기록은 유성룡의 『징비록』에 기대고 있습니다. 그런데 『징비록』을 보면 김성일은 원칙적이고 강직한 선비로 묘사된 반면, 황윤길은 겁 많고 재물만 밝히는 소인배로 묘사되어 있습니다. 그러니 백성들 눈에는 김성일이 아니라, 황윤길이 그런 말을 했을 거라고 생각하게 된 건 아닐까요? 아, 수수께끼입니다.

대마도 역사민속자료관 안에 있는 조선통신사 행렬도이다.

김덕령이 왜적과 내통했다는 이유로 죽었다고?

김덕령이 비참하게 죽은 것은 맞지만, 그 이유는 사실과 다릅니다. 임진왜란은 백성들을 보호하고 지켜줘야 할 조선의 임금과 양반 사대부들의 총체적 무능을 보여 준 사건입니다. 이런 상황에서도 어찌 되었든 나라를 구해야 한다는 생각에 의병을 일으킨 사람도 있었지만, 혼란을 틈타 반역을 꾀하거나 백성들을 약탈하는 무리도 있었습니다. 이몽학이라는 사람도 그중 하나였습니다. 이

광주 충장사에 있는 김덕령 장군의 묘소

몽학은 명나라가 강화 협상에 목을 매고 있던 시기인, 1596년에 군사를 모아 충청도 지역에서 반란을 일으켰습니다. 하지만 이몽학의 난은 금방 진압되었고, 사건을 조사하던 중 누군가의 입에서 김덕령이라는 이름이 튀어나왔습니다. 조정에서는 당장 김덕령을 잡아들였고, 혹독한 고문이 뒤따랐습니다. 그렇게 김덕령은 죽고 말았습니다. 그렇다면 왜 백성들은 김덕령의 이야기를 사실과 다르게 지어냈을까요? 아마도 조선의 영웅인 김덕령이 이몽학의 반란과 엮이게 되는 것을 원치 않았기에, 일본군과의 내통 혐의라는 아무도 믿지 않을 이야기를 지어낸 것이 아닐까요?

강홍립이 일본에 가서 반역자가 되었다고?

강홍립과 김응서의 일본 정벌 이야기는 허구입니다. 하지만 이런 이야기가 생겨난 원인을 짐작해 볼 수는 있습니다. 임진왜란 이후 명나라는 국력이 약해지고, 이 틈을 타 후금(여진족)이 급격하게 세력을 키웁니다. 위기를 느낀 명나라는 후금을 치기 위해 군사를 일으키게 되고, 조선에도 군사를 요청합니다. 명과 후금 사이에서 실리 외교를 펼치던 광해군은 어쩔 수 없이 강홍립과 김응서에게 군사를 주어 보내면서, 강홍립에게 몰래 "패하지 않는 전투를 하라."고 지시합니다. 무리해서 싸우지 말고 눈치껏 행동하라는 것이지요. 적극적으로 싸울 마음이 없었던 조선군은 후금과의 전투에서 패하게 되고,

조선군과 후금군의 전투를 그린 그림

강홍립과 김응서는 항복을 하게 됩니다. 그런데 포로 생활 중 김응서는 먼저 죽고, 강홍립은 9년 뒤인 정묘호란 때 후금의 사신이 되어 조선에 나타납니다. 후금을 오랑캐라 하여 무시하던 당시 사람들에게 강홍립의 모습이 어떻게 보였을까요? 분명 반역자로 보였을 것입니다. 강홍립의 결백을 밝혀 줄 광해군마저 인조반정으로 쫓겨났으니, 누가 강홍립의 진심을 알 수 있었겠어요. 이런 이야기가 떠돌다가 일본 정벌 이야기라는 형식으로 『임진록』에 실리게 되지 않았을까요?

목숨만 살려 주시면
항복 문서를 올리겠나이다

　영변 향산사에 한 중이 있으니, 사람들이 '서산대사'라 하였다. 어려서 일찍 부모를 여의고 머리를 깎고 중이 되어, 불교 경전에 통달하였고, 하늘과 땅의 이치를 모르는 것이 없고, 둔갑술을 마음대로 부려 그 조화가 헤아릴 길이 없으니, 이름이 세상에 널리 퍼져 사람마다 한번 보기를 원하더라.

　하루는 대사가 사명당을 데리고 뜰을 거닐며 천기를 살핀즉, 일본이 다시 침범할 기운이 있었다. 대사가 한탄하며 말하였다.

　"우리가 비록 세상을 버리고 산속에 묻혀 있으나, 본디 조선 백성의 자손이라. 나라가 위기에 처하게 되었는데 어찌 가만히 있으리오."

　"스승님 말씀이 옳습니다만 중 된 자가 어찌 세상 밖으로 나아가리오."

"비록 산중에 머무는 한가로운 중이라도 어찌 이런 때에 가만히 도를 닦고 있으리오. 나는 늙고 병들어 나아가지 못할 것이니, 너는 나와 함께 한양에 올라가 이 일을 임금께 아뢰고, 일본에 들어가 왜왕의 항복을 받아 뒷날의 걱정을 더는 것이 어떠하겠느냐."

사명당이 또한 허락하거늘, 대사가 즉시 사명당을 데리고 한양에 이르러 총섭 경원을 만나 뜻을 전하였다. 그러자 경원이 즉시 대궐에 들어가 대사의 말씀을 전하니, 임금께서 듣고 대사를 부르니라. 대사가 의복을 갖추고 나아가 땅에 엎드리려 하는데, 임금께서 손수 의자를 내주며 말하였다.

"네 이름은 들은 지 오래되었느니라. 이제 무슨 할 말을 이르고자 하느뇨?"

대사가 일어나 네 번 절하고 엎드려 아뢰었다.

"소승의 나이 구십이라 멀리 나아가지 못하옵니다. 소승의 제자 유정의 호는 '사명당'이온데, 나이가 젊고 재주가 있사옵기로 일본에 보내어 왜왕의 항복을 받고자 하나이다."

선조 임금이 들으시고 즉시 사명당을 불러 찬찬히 보는데, 기상이 뛰어난 것이 살아 있는 부처라 할 만하였다. 대사를 돌아보며 칭찬하여 말하였다.

"너는 어찌 이런 제자를 두었느냐."

※ 서산대사(西山大師) ― 조선 선조 때의 승려(1520~1604). 법명이 청허(淸虛)·서산(西山). 임진왜란 때 승병(僧兵)의 총수가 되어 서울을 수복하는 데 공을 세웠음. '휴정대사'라고도 함.

즉시 사명당에게 대원수 인수와 절월을 주고 잔치를 열어 잘 대접하니라. 임금께서 친히 잔을 들어 사명당을 주며 말하였다.

"너는 충성을 다하여 맡은 일을 성공하고 무사히 돌아오라."

사명당이 기쁘게 받아먹은 후 인사하고 나오니, 대사가 소매 안에서 한 통의 편지를 주며 거듭 당부하여 말하였다.

"이것은 서해 용왕의 편지니, 가지고 있다가 만일 급한 일이 있거든 이 봉투를 들고 묘향산 향산사를 향해 두 번 절을 하거라. 그러면 사해용왕이 알아서 너를 구하리라."

사명당이 받아서 열어 보니, 이러하더라.

그대 나라를 위하여 만 리 바닷길을 들어가니 어찌 아름답지 아니하리오. 사해 용왕이 조선을 위하여 일본이 무도함을 옥황상제께 고하여 아뢴즉, 옥황상제 옳게 여기사 가르침을 베푸시되, '사명당에게 급한 일이 생기거든 구하여 성공하라.' 하시매, 사해용왕이 옥황상제의 명으로 그대를 구할 것이오. 왜왕 본디 익성이라. 상제께 죄를 얻어 인간 세상에 내려왔으니 그대는 왜왕을 과하게 핍박하지 말라.

사명당이 편지를 받아 가지고 대사께 인사하고 길을 떠나니라.

이때, 왜왕은 김응서와 강홍립이 죽은 뒤로는 더 이상 거슬릴 것이 없어, 다시 전쟁을 일으키기 위해 무기를 만들고 군사들을 훈련시키고 있었다. 문득 조선에서 글월이 왔거늘 왕이 괴이하여 급히 떼어 보니 이러하더라.

너희가 다시 남의 땅을 침범하려 하는 것을 우리 임금께서 아시고 생불을 보내어 너의 죄를 자세히 물은 후에, 항복 문서를 받으라 하시니, 만일 순순히 따르지 않으면 큰 화를 당하리라.

왜왕이 보고 크게 웃으며 말하였다.

"조선에 어찌 생불이 있으리오. 이는 우리를 혼란케 하려는 속셈이다."

신하들이 듣고 아뢰어 말하길,

"자기가 생불이라 하니, 한번 시험해 보는 것이 좋겠사옵니다. 여차여차하소서."

하고, 급히 병풍 일만 팔천 칸을 만들어 거기에 글씨를 써 생불이 들어오는 길 좌우편에 세워 놓았다. 그러고는 사명당을 호위하여 말을 급히 몰아 들이더라. 사명당을 자리에 앉힌 후에 왕이 물었다.

"그래, 생불이라 하니 묻겠는데, 들어오던 길 양쪽에 펼쳐 놓은 병풍의 글을 보았는가?"

"스치듯 주욱 훑어보았나이다."

"그러면 그 글을 듣고자 하노라."

사명당이 조금도 주저하지 않고 일만 칠천구백구십구 칸을 외우거늘,

※ 대원수(大元帥), 인수(印帥), 절월(節鉞) — '대원수'는 군대를 통솔하는 최고 계급을 뜻하고, '인수'와 '절월'은 대원수의 권한을 상징하는 물건들이다.

※ 익성(翼星) — 이십팔수의 스물일곱째 별자리에 있는 별들.

※ 생불(生佛) — 살아 있는 부처라는 뜻으로, 덕행이 높은 승려를 이르는 말이다.

왕이 다시 물었다.

"한 칸은 어찌 외우지 않는가?"

"한 칸은 글이 없거늘 무얼 외우라 하느뇨?"

왕이 괴이하게 여겨 사관을 보내어 무슨 까닭인지 알아 오게 하니, 과연 한 칸이 바람에 접혔다 하거늘, 왕이 그제야 그 신기함에 놀라 신하들에게 말하였다.

"이자는 생불이 분명하니, 장차 어찌하리오?"

"후원에 판 연못이 깊이가 오십 장이 됩니다. 연못 위에 유리 방석을 띄우고 그 방석에 앉아 보라 하면 그 진가를 알 수 있을 것입니다."

왕이 옳다 여겨 그 연못에 유리 방석을 띄우고, 사명당을 청하여 그 위에 앉으라 하니, 사명당이 먼저 염주를 방석 위에 던져 보고 앉더라. 방석

이 잠기지 아니하고 바람을 따라 물 위를 한가롭게 떠다니니, 왕과 신하들이 그 조화를 보고 크게 놀라고 근심하더라. 신하들이 또 아뢰어 말하였다.

"대왕께선 근심하지 마십시오. 사명당을 그냥 두면 아무래도 큰 화가 있을 듯합니다. 한 가지 좋은 계책이 있습니다. 별당을 하나 짓되, 별당 밑에 무쇠를 깔고, 무쇠 밑에 풀무를 묻고, 사명당을 방에 들인 뒤 사방 문을 굳게 잠그고, 풀무에 불을 붙여 다투어 불면 아무리 생불이라도 불에는 녹을 수밖에 없을 것입니다."

왕이 그 계책이 가장 좋다 칭찬하고, 즉시 명을 내려 별당을 짓는데, 사람들에게 알리기를,

"사명당이 있을 집이라."

하고, 이름 난 장인들을 모두 불러 모아 삼십 칸짜리 집을 며칠 만에 뚝딱 짓느니라. 집을 다 지은 후 사명당을 인도하여 방에 들인 후, 별당 문을 걸어 잠그고 풀무를 급히 불어 대니, 어찌나 불길이 센지 그 화기를 쏘이면 사람이 기절하는지라. 사명당이 속으로는 화가 났으나, 얼음 '빙(氷)' 자를 써 두 손에 쥐고 가만히 앉아 있으니, 사방 벽에 서리가 눈 오듯 하고 고드름까지 드리우니, 너무도 추웠다. 하룻밤을 지낸 후, 추운 기운이 너무 과하자 드디어 사명당이 '빙' 자를 버리되 조금도 덥지 않더라.

왕이 사관을 보내어 사명당의 생사를 알아보니, 사명당이 죽기는커녕

※ 장(丈) — 길이의 단위. 1장은 한 자(30센티미터)의 열 배로 약 3미터임.
※ 풀무 — 불을 피울 때에 바람을 일으키는 기구.

방 안에 고드름이 빈틈없이 드리워 추운 기운이 사람에게 쏘이는지라. 사명당이 안에서 문을 열고 사관을 보고 크게 꾸짖어 말하였다.

"내 들으니 일본이 덥다 하더니 이런 냉돌에 잠자리를 정하여 잠을 이루지 못하게 하니, 네 왕이 타국 손님을 이처럼 모질게 대하는구나."

사관이 깜짝 놀라 급히 돌아가 이 사연을 고하니, 왕이 듣고 어쩔 줄 몰라 멍하니 앉았만 있더라. 신하들 중 하나가 아뢰어 말하길,

"일이 급하게 되었으니 무쇠로 말을 만들어 풀무로 달군 후에, 사명당을 청하여 그 말을 타라고 하면 사명당이 비록 생불이라도 의심을 하리이까."

하거늘, 왕이 가만히 생각하였다.

'이제껏 계교를 써 봤지만 성공하지 못하였는데, 또 이번 계교까지 맞지 않으면 체면만 잃을 것이라.'

이러므로 선뜻 뭐라 말을 못하고 있거늘, 신하들이 말하였다.

"백 가지 계책을 내도 맞힐 길 없으나 다른 방법이 없사옵니다."

왕이 마지못해 허락하고, 즉시 철마를 만들어 풀무로 뻘겋게 되게 달구어 명령을 기다렸다가 사명당을 청하여 타라 하니, 사명당이 비록 신기한 재주를 가졌으나 이번만은 무척 난처해 하더라. 문득 생각하고 용왕의 편지를 손에 쥐고 향산사를 향하여 절을 두 번 하였다.

이때, 서산대사가 사명당을 보내고 밤낮으로 걱정하다가 하루는 밖에 나와 천기를 살피고는 아랫사람을 불러 말하였다.

"사명당이 급한 일이 있어 나를 향해 절을 하는구나."

이러고는 손톱에 물을 묻혀 동쪽을 향하여 세 번 뿌리니, 문득 삼색 구

름이 사방에서 일어나며 사해용왕이 구름을 끌며 바람을 끼고 일본으로 화살같이 가더라. 이윽고 천지가 아득해지며 천둥 번개가 진동하고 큰 비와 얼음덩이가 내려와 일본이 거의 물바다가 되는데, 일본 사람들이 헤아릴 수 없이 죽더라. 일본 백성들이 물을 피할 곳이 없어 서로 붙들고 탄식하며 살기를 원하나, 물이 점점 들어와 일본이 거의 바다에 잠기게 되는데, 어찌 두렵고 겁나지 아니하리오. 사명당이 조화를 부려 몸을 띄워 공중에 올라앉으니, 그 모양이 한 무리 구름이 머무는 듯하여 그 신묘함을 말로 표현하지 못하더라. 사명당이 큰 소리로 꾸짖어 말하였다.

"무도한 왜왕이 하늘의 뜻을 모르고 우리 조선을 가벼이 여겨 자꾸 침범코자 하니, 그 죄 용서하기 어렵고, 또 임진년 이후로 조선 백성들 중 죽은 자가 셀 수 없는지라. 우리 조선이 밤낮으로 바라기를 왜왕을 베고 일본의 씨를 없애고자 하니, 왜왕은 속히 머리를 올리라!"

왜왕이 기겁을 하여 공중을 우러러 애걸하여 말하였다.

"제가 생각이 어리석어 생불이신 줄 모르고, 여러 번 희롱하였사오니, 바라건대 죄를 용서하사 목숨을 살려 주시면 항복 문서를 써 올리겠나이다."

"내 비록 왕명으로 왔으나 마음이 모질지 못한지라. 그대 죄를 용서하나니, 항복 문서를 빨리 올려라."

왕이 이 말을 듣고 기뻐하였으나 속으로는 반신반의하며 항복 문서

※ 냉돌 ─ 불기 없는 찬 온돌.
※ 무도(無道)하다 ─ 말이나 행동이 인간으로서 지켜야 할 도리에 어긋나서 막되다.

를 써 올렸다. 사명당이 받아 보니 항복 문서가 극히 소홀하였다. 사명당이 말하길,

"항복 문서는 그만두고 왜왕의 보배를 올리라."

하고, 용왕의 편지를 쥐고 다시 향산사를 향해 네 번 절하니, 날이 맑게 개고 물이 빠지니라. 사명당이 내려앉아 보배를 올리라 재촉하니 왕이 말하였다.

"무슨 보배를 올리라고 하십니까?"

"구태여 재물을 가지려는 것이 아니다. 내 그대 목숨을 살리었으나 항복 문서조차 허술하니, 그 문서를 무엇에 쓰리오. 그대 머리를 올리라."

"머리를 드리면 수천 년 이어져 내려온 나라를 망치리니, 바라건대 다른 보배와 항복 문서를 다시 써 올리겠나이다."

"남의 보배를 무엇하리오. 항복 문서나 다시 올리라."

왕이 그 자리에서 항복 문서를 올리고 말하였다.

"조선과 일본이 서로 강화하여 형제의 나라가 되면 어떠하겠습니까?"

"그러하면 어느 나라가 형이 되는고?"

"조선이 형이 되어야 하나이다."

"그러하면 해마다 무엇으로 바치려 하느뇨?"

"갖은 보배를 바치겠나이다."

"조선에 보배는 다 있으나,

다만 귀한 것은 사람 가죽이라. 종과 북에 사람 가죽을 쓰면 좋은데, 그게 부족하다. 해마다 사람 가죽을 삼백 장씩 바치라."

"생불님 말씀대로 하면 일본이 삼 년 내에 망할 것이옵니다. 달리 방도를 알려 주소서."

"그대 없어도 그대 자손이 종사를 받들 것이니, 그대 머리를 바삐 올리라."

"내 죽어 망하나 사람 가죽을 바쳐 망하나 망하기는 똑같으니, 생불님 제발 두 나라가 고루 평안하게 하소서."

왜왕이 슬피 울거늘, 사명당이 잠깐 조롱하다가 말하였다.

"그러하면 사람 가죽 대신 해마다 사람을 삼백 명씩 조선에 보내어 국경을 지키게 하라."

왕이 허락하거늘, 사명당이 모든 일이 잘 처리되었다 생각하여 돌아가고자 하니, 왕이 만류하며 말하였다.

"두 나라가 이미 강화하여 더욱 허물이 없어졌으니. 조금 더 머물러 일본 경치나 구경하고 가소서."

"또 나를 희롱코자 하느뇨?"

"어찌 다시 그런 아름답지 못한 일이 있으리오."

"일본 사람의 마음은 헤아리기 어려우나 그래도 경치는 구경하리라."

왕이 사명당을 가마에 앉히고 인도하여 여러 곳 경치를 구경가니, 각 읍 수령들이 구름 모이듯 하고, 구경하는 사람이 산과 들을 덮더라.

이러구러 열 달 남짓 흘러 사명당이 돌아갈 것을 왕에게 고하니, 왕이 말하길,

"생불님이 누추한 곳에 오셔서 고생을 많이 하시니 황송하고 부끄럽사옵니다."

하고, 수레에 갖가지 색 비단과 보배를 가득 싣는데, 사명당이 말하였다.

"보배는 쓸데없으니 왜란 때 잡아온 조선 사람 천여 명을 주시면 데려갈까 하나이다."

왕이 즉시 명령하여 조선 포로 천여 명을 불러왔다. 사명당이 그 백성과 군사를 배에 태우고 길을 떠나는데, 왜왕이 백 리 밖까지 나와 전송하더라.

사명당이 동래를 향하여 오다가 사람들에게 말하길,

"너희 중 일본에서 살고 싶은 자는 다른 배에 오르라."

하니, 일본을 원하는 자가 반이 넘더라. 사명당은 속으로 세상 일이 참으로 덧없다 여겼다. 그 백성들이 오른 배를 뭍에 대서 사람들을 내리게 하고, 남은 백성을 데리고 여러 날 만에 동래에 도착하였다. 또 여러 날 만에 도성에 이르러 임금께 그동안의 사정을 낱낱이 아뢰었다. 선조 임금이 기뻐하며 타국에서 고생한 것을 위로하고, 금은 비단을 많이 내리었다. 사명당이 굳이 사양하고 바로 인사한 후 층계에 내려서니 문득 간 데 없거늘, 보고 있던 이들이 다 기이하게 여기더라. 이후로 나라가 평안하여 재난이 없더라.

임진왜란은 정말 임진 '왜란'일 뿐인가?

과거에 일어난 어떤 사건을 두고, 그 사건을 어떻게 이름 짓는가 하는 것은 무척 중요한 일입니다.
이름에는 그 사건의 성격과 그 사건을 대하는 사람들의 생각이 고스란히 담겨 있기 때문입니다.
'임진왜란'이란 용어도 마찬가지입니다. 1592년(임진년)부터 7년 동안 한반도를 대혼란에 빠뜨린
임진왜란은 한국, 중국, 일본이 참가한, 그 당시로서는 동아시아 지역의 핵심 세 나라가 참가한
'동아시아판 세계대전'이라고 할 수 있습니다. 그런데 이 전쟁을 지칭하는 세 나라의 용어는 한국, 중국,
일본이 다 다릅니다. 과연 어떻게 다른지, 왜 다른지 살펴봅시다.

한국

우리가 쓰는 '임진왜란(壬辰倭亂)'이란 용어는 '임진년에 왜구들이 쳐들어와 벌인 난동'이란 뜻입니다. 1597년에 있었던 '정유재란(丁酉再亂)'은 '정유년에 왜구들이 다시 쳐들어와 벌인 난동'이란 뜻이고요. 우리가 보통 임진왜란이라고 할 때는 임진왜란과 정유재란을 합쳐서 이르는 말입니다. 그런데 이 임진왜란이란 말에는 일본이란 나라를 제대로 된 국가로 취급하지 않고, '왜구'라고 하며 얕잡아 봤던 조상들의 의식이 자리잡고 있습니다. 그리고 이 용어에는 조선을 침략해 엄청난 고통을 안긴 일본에 대한 원한과 적개심이 담겨 있습니다. 그래서 역사를 연구하는 사람들 중에서는 이 용어가 임진왜란의 성격을 제대로 담아내지 못하고 있다고 생각했습니다. 그래서 한편에서는 임진왜란을 '조일전쟁'이라고 합니다. '조선과 일본이 맞붙은 전쟁'이라는 뜻이지요. 또 한편에서는 일본이 조선을 침략

경기도 구리시 동구동에 있는 선조의 묘이다. 조선 제14대왕 선조와 왕비 의인왕후 박씨, 계비 인목왕후 김씨가 함께 묻혀 있다.

해서 시작된 전쟁에 명나라가 참가하게 되었고, 전쟁의 결과가 한 · 중 · 일 세 나라에 큰 영향을 끼쳤다는 이유로 '동아시아 삼국전쟁'이나 '동아시아 7년 전쟁'이라는 용어를 쓰기도 합니다. 임진왜란의 의미를 세계사적으로 폭 넓게 고민해 보자는 것이요. 참고로 북한에서는 이 전쟁을 '임진조국전쟁'이라고 합니다.

그렇다면 조선의 요청으로 이 전쟁에 참가한 중국은 '임진왜란'을 뭐라고 할까요? 바로 '항왜원조(抗倭援朝)'입니다. '일본에 맞서 조선을 도운 전쟁'이라는 뜻이죠. 큰 나라가 작은 나라가 어려움을 겪는 걸 보고 안타까워서 도와줬다는 것이죠. 도왔다는 표현을 보니, 조선이 정말 중국에 큰 은혜를 입은 것 같네요. 이 말에서 중국이 임진왜란을 어떻게 생각하는지 잘 나타나 있는 것 같습니다. 내가 너희를 도와줬으니, 너희는 나중에 그 은혜를 갚아야 할 것이다, 라는 속뜻이 담겨 있는 것이지요. 중국이 조선에 군대를 보낼 때, 이런 말이 있었습니다. 순망치한(脣亡齒寒), 입술이 없으면 이가 시리다, 라는 뜻인데요, 조선이 일본에 무너지면 다음은 중국이 전쟁을 치러야 한다는 것이지요. 중국이 조선을 공짜로 도운 것도 아닌데, 자기들 이익을 위해 군대를 보낸 것인데도 이렇게 생각하는 것을 보니 씁쓸하네요.

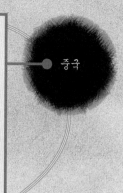

중국

만력제(萬曆帝). 임진왜란이 일어났을 때 조선에 군사를 파견한 명나라의 제13대 황제로, 1572년부터 1620년까지 48년간 중국을 통치하였다. 중국 황제 중 통치 기간이 가장 길며, 나라를 세운 지 200년이 되어 가는 명나라는 이때부터 서서히 몰락해 갔다.

일본

마지막으로 일본은 이 전쟁을 뭐라고 할까요? 일본에서 공식적으로 임진왜란을 나타내는 용어는 '분로쿠 게이초 연간의 전쟁'입니다. '분로쿠'와 '게이초'는 1592년부터 1614년까지 일본 천황이 썼던 연호를 가리키는 말입니다. 얼핏 보면 굉장히 학술적이고, 특별한 의미가 없는 것 같은 말입니다. 하지만 이 용어가 등장하기 전까지 일본에서는 이 전쟁을 '도요토미 히데요시의 조선 정벌'이라고 했습니다. '정벌'이라고 하니, 뭔가 조선이 잘못한 일이 있어서 한 번 손을 봐줬다는 것처럼 들리는군요. 여기에는 임진왜란이 일본의 침략전쟁이었다는 사실을 인정하지 않겠다는 속뜻이 담겨 있습니다.

도요토미 히데요시
(豊臣秀吉)

평양성탈환도

본래 이름은 '임란전승평양입성도병(壬亂戰勝平壤入城圖屛)'. 열 첩으로 된 병풍 그림으로, 임진왜란 당시 일본군에게 점령당한 평양성을 명군과 조선군이 함께 탈환한 전투 장면을 그린 역사화이다. 평양성을 탈환하는 장면을 그린 이와 거의 비슷한 병풍 그림이 여러 점 전하고 있는데 이 작품이 아마도 원본이 되었을 것 같다.

『임진록』깊이 읽기
이야기로 다독이는
전쟁의 상처

백성들의 상처를 어루만지는 이야기

일본을 통일한 도요토미 히데요시는 영토를 확장하려는 야욕을 갖고 임진년(1592년)에 조선을 침략합니다. '조선'은, 이성계가 나라를 세운 뒤로 이백년 동안 전쟁을 겪지 않았습니다. 크고 작은 이민족의 침입은 있었지만 대규모의 전쟁은 한 번도 없었기에, 일본의 침략 앞에서 조선은 속수무책으로 당하고 맙니다. '조총'이라는 신무기를 앞세워 공격해 오는 일본 군사들에 맞선 조선 군사들의 무기가 '활'이었다는 것이 당시 일본과 조선의 군사력 차이를 상징적으로 보여 주고 있습니다.

일본군은 부산에 상륙한 지 보름 만에 한양을 점령했습니다. 이러한 속도는 일본군 스스로도 놀랄 정도였고, 명나라에서는 이 소식을 듣고, '조선과 일본이 서로 내통하고 있는 것이 아니냐'고 의심할 정도였습니다. 『임진록』에도 나오듯, 성을 지켜야 할 장수들은 달아나기 바빴고, 몇몇 장수들이 용기를 내어 맞서 보았지만 무참히 패하고 말았습니다. 결국 임금마저 한양을 떠나 평양으로, 다시 평양에서 의주로 피난하였으니, 당시 조선의 상황이 어떠했을지는 충분히 짐작할 수 있을 듯합니다.

나라와 백성들을 지켜야 할 임금과 장수들이 이러했으니, 백성들의 고통은 어떠했을까요? 수많은 백성들이 삶의 터전을 잃고 떠돌아야 했고, 미처 도망가지 못한 백성들은 무참하게 죽어 갔습니다. 이러한 전쟁이 칠 년 동안 지속되었으니, 백성들의 고통은 차마 말로 다할 수 없는 것이었습니다.

임진왜란이 끝이 아니었습니다. 임진왜란이 끝나고 나자 중국에는 큰 변화가 일어납니다. 명나라가 쇠퇴하는가 싶더니, 오랑캐라 무시하던 후금(여진족)이 명나라를 무너뜨리고 청나라를 세운 것입니다. 명나라를 천자의 나라로 떠받들던 조선은 변화된 현실을 받아들이지 못하고, 기어이 후금과 두 번의 전쟁을 치르게 됩니다. 명분론에 휩싸인 양반 사대부들이 불러들인 참담한 재앙이었습니다. 결국 조선은 두 번 다 처참하게 패하고 맙니다. 이 전쟁이 바로 정묘호란(1627년)과 병자호란(1636년)입니다.

거듭되는 전쟁으로 조선 백성들의 가슴은 갈가리 찢겨지고, 마음속에 깊은 상처가 생겼습니다. 몸의 상처야 시간이 지나면 아물지만, 마음속 상처는 그리 쉽게 낫는 게 아닙니다. 임금과 양반 사대부에 대한 원망과 외세에 대한 적대감이 넘쳐 났고, 힘없는 나라의 백성으로 사는 설움도 커졌습니다. 그렇다고 복수를 하겠다며 일본으로, 중국으로 군대를 끌고 갈 수도 없는 노릇이었습니다. 이런 민중들의 마음속 상처를 다독여 준 것이 바로 『임진록』이나 『박씨전』 같은 이야기입니다. 이런 이야기로나마 마음속에 쌓인 울분을 풀어내고 싶었던 것입니다. 『임진록』을 누가, 언제 썼는지 정확하지는 않지만, 사람들은 대부분 정묘호란, 병자호란이 끝난 뒤에 이 이야기가 나타났을 거라고 추정하고 있습니다.

역사적 사실과 허구의 적절한 결합

『임진록』은 군담소설(軍談小說)에 속하는 작품입니다. '군담소설'은 주인공의 군사적 활약상을 주요 내용으로 삼는데, 『임진록』은 임진왜란을 배경으로, 나라를 위해 목숨을 바친 사람들의 이야기를 담고 있으니까 딱 적당한 작품이지요.

『임진록』 같은 군담소설은 보통 조선 후기에 유행했던 한글 소설의 한 종류입니다. 이 군담소설은 보통 세 개의 유형으로 나뉩니다. 허구적인 전쟁을 소재로 상상으로 작품을 구성하면 '창작군담소설'이라 하고, 실재했던 전쟁을 소재로 삼아 실제 사건과 허구를 적절히 섞어서 구성하면 '역사군담소설'이라 합니다. 마지막으로 중국의 군담소설을 번역해서 들여온 작품들은 '번역군담소설'이라 하지요. 창작군담소설의 대표작으로는 『유충렬전』이 있고, 역사군담소설로는 『임경업전』, 『박씨전』 등이 있으며, 『임진록』도 이 역사군담소설에 속합니다. 대표적인 번역군담소설로는 『삼국지연의』가 있습니다.

『임진록』은 이본만 해도 50여 종 가까이 전해지고 있는데, 이 이본들을 내용에 따라 나누면 크게 세 가지 계열로 나눠 볼 수 있습니다. 첫째, 임진왜란의 역사적 사실에 충실하여 실존 인물들의 활동을 사실에 가깝게 기술한 것. 둘째, 실존 인물이 아닌 최일영이나 관운장 같은 인물을 등장시켜 허구적인 내용을 강화시킨 것. 셋째, 역사적 사실과 허구적 내용을 적절하게 결합하여 이야기를 전개해 나가는 것입니다. 이 책은 셋째에 해당합니다.

패배의 역사를 승리의 이야기로 바꾸다

임진왜란은 한·중·일 세 나라가 참가한 '동아시아판 세계대전'입니다. 그런데 그 중 누구 하나 승자라고 말하기 어렵습니다. 하지만 누가 가장 큰 피해를 입었는지는 명확합니다. 바로 우리 조선입니다. 비록 병자호란 때처럼 왕이 적의 장수 앞에 무릎을 꿇고 항복을 한 것도 아니고, 또 명나라의 힘을 빌리기는 했지만 어쨌든 일본군을 조선에서 몰아냈으니 우리가 패한 것은 아니라고 할 수도 있을 것입니다. 하지만 피해 규모를 놓고 보면 사실상 패배라고 해도 할 말이 없습니다. 그런데 『임진록』은 이 패배의 역사를 승리의 이야기로 바꾸어 놓았습니다.

『임진록』 초반부에 나오는 전쟁 초기의 기록은 모두 역사적인 사실을 바탕으로 실제에 가깝게 기록하고 있습니다. 부산진의 함락과 동래부사 송상현의 죽음, 조령을 버리고 탄금대에 배수진을 쳤다가 전멸당한 신립, 선조의 피난과 백성들의 비난, 두 왕자가 포로가 된 일, 조승훈이 이끄는 명나라 구원군의 오만한 행태 등은 모두 역사적인 사실입니다.

작품의 중반부에 나오는, 이순신을 중심으로 한 몇몇 조선 장수들의 승전 기록도 아주 거짓은 아닙니다. 물론 조선 장수가 도술을 쓴다거나 귀신이 나타나 조선군을 돕는 등 조금은 허황한 이야기들이 등장하기는 하지만요.

하지만 『임진록』을 쓴 저자는 이런 장수들의 승리만으로는 조선 백성들의 가슴에 맺힌 한을 풀기 어렵다고 본 것 같습니다. 『임진록』의 이야기는 좀 더 확장되어 김응서와 강홍립의 일본 정벌 이야기와 사명당의 일본왕 항복받기로 나아갑니다. 사실 이야기가 여기까지 나아가지 않았다면 『임진록』이 그토록 많은 사람들의 사랑을 받지는 못했을 것입니다. 자잘한 역사적 사실을 풀어 놓는 것만으로는 이야기가 절대 풍부해질 수 없었을 테니까요.

저자는 괴이한 꿈 이야기와 신기한 도술 등, 다양한 요소들을 활용하여 조선 백성들의 울분을 시원하게 풀어 주고 있습니다.

다음 날 오시가 되니, 문득 덕령이 산속에서 내려와 말하였다.

"너희가 끝내 나의 말을 가벼이 여기고 당돌히 물러가지 아니하는가."

이러고는 바람 '풍(風)' 자를 써서 공중에 던지니, 문득 큰 바람이 일어나며 한 치 앞도 분간하지 못하게 되었다. 이윽고 하늘이 거짓말처럼 맑아지고, 바람이 뚝 그치더니, 도적의 머리에 붙인 종이가 모두 사라지고 없는지라. 덕령이 또 청정을 불러 말하길,

"너희가 돌아가도록 그렇게 달래어 이르되 끝내 깨닫지를 못하는구나. 오늘날 나의 재주를 보았느냐? 혼자서 네 군사들의 머리에 붙은 종이를 순식간에 거둘 때 어찌 너희를 죽이지 못하였으랴마는, 내 몸이 지금 상중에 있고, 나라에 허락을 받지 아니하였기로 그나마 너의 목숨을 보전한 것이다."

일본군의 간담을 서늘케 한 김덕령의 이 놀라운 능력을 보면서 조선 민중들은 얼마나 통쾌했을까요? 사명당이 일본왕의 항복을 받는 장면과 함께 독자들이 가장 좋아하는 장면이 아닐까 싶습니다.

저마다 다른『임진록』의 영웅들

『임진록』에는 수많은 인물들이 등장합니다. 대부분 실존 인물들로 임진왜란 당시 큰 공을 세운 조선의 영웅들입니다. 하지만 작품 속에서 그려지는 모습은 조금씩 다릅니다.

역사적 사실에 가장 가깝게 묘사되고 있는 인물은, 임진왜란 당시 가장 두

드러진 활약을 했던 이순신입니다. 이순신은 그 자체로도 소설 속 영웅의 삶을 그대로 보여 주는 인물입니다. 임진왜란 7년 동안 스물세 번 싸워 스물세 번 이긴 백전백승의 장수이고, 정유재란 때는 일본군의 계략에 빠져 임금의 손에 죽을 뻔한 고비도 넘깁니다. 그리고 마지막 전투인 노량해전에서 적의 총탄에 맞아 죽음을 당합니다.

순신이 이를 알고 진린과 더불어 노량 앞바다에서 적선 백여 척을 격파하고 돌아왔다. 순신이 하늘을 우러러 네 번 절하고 도적을 모두 없애기를 청하는데, 문득 큰 별 하나가 바다로 떨어지니, 순신이 하늘을 우러러 탄복하였다. 다시 순신이 진린과 더불어 청정의 전선을 맞아 싸우는데, 문득 급한 철환이 날아와 순신의 가슴을 맞혀 바로 등을 뚫고 나가는지라.
"싸움이 급하니 나의 죽음을 알리지 말라."

이 장면은 『임진록』에서 가장 가슴 아픈 대목일 것입니다.

『임진록』에는 이순신에 대한 이야기가 다른 어떤 사람보다 많이 나옵니다. 이순신에 대한 전기라고 해도 손색이 없을 만큼 역사적 사실에 근거해서 이순신에 대해 다양하게 다루고 있습니다.

사명당 이야기는 이순신과는 좀 다릅니다. 사명당은 스승인 서산대사와 함께 승병을 이끌며 전쟁 때 큰 공을 세웠고, 전쟁이 끝난 후에는 일본에 가서 도쿠가와 이에야스를 만나, 조선인 전쟁 포로들을 데려오기도 했습니다. 이것은 역사적 사실입니다. 하지만 일본에서 사명당이 겪은 일들 즉, 병풍의 글귀 맞추기, 무쇠로 된 방에서 살아나오기, 큰 비가 내려 일본이 바다에 잠기는 일들은 작품의 재미를 위해, 그리고 사명당을 신비로운 능력을 지닌 영웅으로 만들기 위한 전형적인 설화들입니다. 역사적 사실이 입에서 입으로 전해지는 과정에서 자질구레한 이야기가 덧붙고, 시간이 흐르면서 여기에 살이 붙어 한편의 소설 같은 영웅 이야기가 탄생하게 된 것입니다. 이순신과는 달리 도를 닦는 스님이라는 것이 사명당을 이처럼 신비한 능력을 가진 초능력자의 모습으로 그린 것이 아닐까 합니다. 사명당과 관련된 일화들은 우리 옛이야기에 다양한 내용으로 전해지고 있습니다.

가장 흥미로운 인물은 김응서와 강홍립입니다. 작품 속에서 김응서는 일본군 장수 종일을 죽이는 등 큰 공을 세우는 인물로 나오고, 강홍립도 제주에서 의병을 일으킨 인물로 나옵니다. 하지만 일본 정벌 과정에서 두 사람은 완전히 다른 길을 가게 됩니다. 김응서는 비극적인 죽음을 맞는 영웅이 되고, 강홍립은 부귀영화에 눈이 먼 배신자가 되는 것이지요. 일본 정벌 이야기는 역사적 근거가 전혀 없는 허구이고, 실제 임진왜란 당시 별다른 활동도 없었던 강홍립이 이 작품 속에서 김응서와 대비되는 역할로 그려진 것은, 다섯 번째 정보페이지에서 이야기한 것처럼 강홍립에 대한 조선 백성들의 평가와 정서를 반영한 것으로 보입니다.

의병장으로 인상적인 활약을 보여 주는 인물로는 곽재우, 김덕령, 정문부 등이 있습니다. 홍의장군으로 불리며 숱한 일화를 남긴 곽재우이지만, 『임진록』에서는 큰 비중을 차지하지 못했습니다. 워낙 많은 인물들이 나오다 보니, 그럴 수밖에 없었을 것입니다.

장수들이나 양반 의병장 외에 『임진록』에서 놓치면 안 되는 인물이 두 사람 있습니다. 한 사람은 김응서를 도와 종일을 죽인 기생 계월향이고, 또 한 사람은 적장을 안고 진주 남강에 빠져 죽은 기생 논개입니다.

적장이 허락하고 논개와 함께 바위 위에서 춤을 추게 되었다. 적장이 점점 춤에 빠져 긴장을 풀더니, 그 틈을 타 논개가 적장의 허리를 안고 물에 뛰어들었다. 드넓은 강물이 두 사람을 순식간에 삼켜 버리니, 간 곳을 모르더라. 적장이 이렇듯 갑자기 죽으니, 적병이 성을 버리고 돌아가고, 이로써 진주를 다시 찾게 되었더라.

『임진록』에는 주로 남성 영웅 중심의 이야기가 많습니다만, 임진왜란은 조선 백성 모두가 일본과 싸운 전쟁이었습니다. 가장 낮은 신분인 기생까지도 조선의 백성으로서 한목숨 바친 전쟁인 것입니다. 작품 속에서의 분량은 많지 않지만 우리가 꼭 기억해야 할 인물입니다.

이렇듯 작품 속 인물들이 그려지는 방식은 각 인물의 특성에 맞게 다양하게 변주되고 있습니다. 있는 그대로의 사실만 그리는 것도 아니고, 꼭 임진왜란이라는 시간적 배경에 얽매이지도 않습니다. 자유롭게 가공하고, 사실과 허구를 섞어 가면서 인물들의 특성과 조선 백성들의 정서에 맞게 흥미롭게 그려 내고 있습니다.

민중의 시각으로 풀어낸 이야기

『임진록』은 대부분 조선을 구한 장수들과 의병을 일으킨 의로운 선비들에 대한 이야기이지만, 무능하고 무책임한 양반 사대부들과 조정 신하들, 그리고 임금에 대한 비판도 잊지 않습니다. 선조 임금이 평양을 버리고 떠날 때의 장면이 특히 그러합니다.

임금이 떠나는 것을 안 백성들이 몰려나와 노직을 향하여 꾸짖기를,
"너희들이 나라를 도와 이 성을 지키지 않고, 이제 우리를 버리고 임금을 모셔 어디로 가려 하느뇨?"
하며, 어지러이 돌을 던지니 노직이 맞아 머리가 깨져 피가 흐르는데도, 하인들이 감히 막지를 못하였다. 보다 못한 평안감사 송언신이 군사를 지휘하여 백성 하나를 베니, 백성들이 놀라 주춤하는 사이에 어가가 서둘러 길을 떠나더라.

이미 한 번 백성을 버리고 한양에서 평양으로 도망쳐 왔던 선조 임금입니다. 평양은 민심이 안정되어 있고, 군사도 잘 훈련되어 있다고, 평양은 한양과 다르니 버틸 만하다고 영의정 유성룡이 간청했으나, 임금은 어서 의주로 가자고 합니다. 일본군이 한양에 들어왔다는 소식만 듣고도 겁이 더럭 났던 것입니다. 『임진록』의 작자는 백성들에게 돌을 들게 했습니다. 그리고 그 돌을 임금을 모시고 평양을 떠나는 신하에게 던집니다. 너희가 이렇게 백성들을 버려둔 채 임금만 모시고 어디로 도망가느냐고, 분노를 담아 조정 신하에게 돌을 던지고, 임금의 어가를 막고 시위를 벌입니다. 지배층의 무책임, 무능에 대한 분노의 외침입니다.

이밖에도 『임진록』에서 특기할 만한 사실이 하나 있습니다. 사명당이 일본에서 조선인 포로들을 데리고 나올 때, 포로들에게 일본에 남고 싶은 사람은

남으라고 하니, 포로들 가운데 거의 절반에 이르는 수가 일본 땅에 남겠다고 합니다. 왜 이런 일이 생겼을까요? 이야기의 흐름으로 본다면 모든 포로들이 조선으로 돌아가는 것을 뛸 듯이 기뻐해야 마땅하지 않을까요? 그러나 그렇게 하지 않았습니다. 『임진록』의 작자는 포로들 중 절반을 일본에 그대로 남게 해 버렸습니다. 생각할 거리를 던져 주는 장면입니다. 일본 땅에 남고자 한 조선인 포로들은 어떤 생각을 한 것일까요? 조선에 가 봐야 어차피 먹고살기 힘든 것은 똑같을 거라고 생각했을까요? 임진왜란 때 포로로 끌려간 사람 중에는 도자기를 만드는 도공들이 많았다고 하는데, 이들이 판단하기에는 조선보다 자신들의 가치를 인정해 주는 일본이 더 살기 나을 거라 생각했을까요? 이 대목은 『임진록』이 조선 백성들의 아픔을 씻어 주는 이야기이기는 하지만, 한 나라의 울타리에 갇히지 않는 확장된 사고를 보여 줍니다. 『임진록』이 갖고 있는 만만치 않은 가치라고 볼 수 있습니다.

장점만 있는 것은 아닙니다. 『임진록』은 하나로 관통하는 이야기 줄기가 선명하지 않아 산만합니다. 워낙 많은 사람들이 나오고, 『홍길동전』, 『심청전』, 『춘향전』, 『허생전』, 『박씨전』처럼 한 인물이 주인공이 되어 이야기를 이끌어 가는 것이 아니라 더 그렇습니다. 또한 전쟁 후 민간에 떠돌던 여러 이야기들을 모아 놓은 설화집 같은 형식이라, 본격 소설의 형태를 갖추지 못했습니다. 그렇다 하더라도 『임진록』은 후대의 다른 군담소설에 좋은 재료 창고의 역할을 훌륭하게 하고 있습니다.

『임진록』을 읽고 나서
나도 이야기꾼!

1 임진왜란은 한·중·일 세 나라가 참여한 '동아시아판 세계대전'이라고 할 수 있습니다. 하지만 나라마다 임진왜란을 이르는 용어는 다르고, 그 말의 의미도 다 다릅니다. 아래 빈칸을 채워 봅시다.

나라	이름	의미
한국	임진왜란	
중국		일본에 맞서 조선을 도운 전쟁
일본	도요토미 히데요시의 조선 정벌	

2 다음은『임진록』에 나온 인물들과 그들의 행적을 정리한 것입니다. 서로 관련된 것을 줄로 연결해 보세요.

국경인 •   • 탄금대 전투에서 배수진을 쳤다가 왜적에게 패하여 죽었다.

김응서 •   • 진주성에서 왜군 장수를 끌어안고 강물에 몸을 던져 죽었다.

노직 •   • 김응서가 일본 정벌을 갈 때 행군을 천천히 해야 한다고 알려 줬다.

논개 •   • 왜적과 싸워 이기고도 김명원의 상소 때문에 억울하게 죽었다.

조승훈 •   • 임해군과 순화군 두 왕자를 붙잡아 가등청정에게 바치고 벼슬을 얻었다.

신립 •   • 선조 임금이 평양에서 의주로 피란 갈 때 어가를 호위하던 사람으로, 성난 백성들이 던진 돌에 맞아 피를 흘렸다.

어득광 •   • 평양성을 넘어 들어가 왜국 장수 종일의 머리를 벤 사람이다.

신각 •   • 명나라 장수로 3500여 명의 군사를 이끌고 1차로 조선에 건너왔다가 평양성 전투에서 패하고 물러갔다.

3 임진왜란을 연구한 학자들은 당시 조선이 일본군을 물리칠 수 있었던 원인으로 크게 두 가지를 꼽고 있습니다. 하나는 이순신이 이끈 수군이고, 또 하나는 의병들의 활약입니다. 이 책에 나오는 의병장 중 기억에 남는 한 사람을 뽑아서 그가 어떤 일을 했는지 자세히 적어 봅시다.

이름	한 일

4 이 책에 나오는 조선군 장수 중 가장 두드러진 활약을 보여 주는 사람은 바로 이순신입니다. 그래서 많은 사람들이 이순신을 영웅이라 합니다. 이런 까닭에 이순신의 삶을 다룬 영화, 만화, 드라마, 책 들이 참 많습니다. 이 중에서 여러분이 재미있게 본 작품 하나를 골라 여기에 소개해 봅시다.

종류(영화, 책, 만화, 드라마 등)	제목	만든 사람	내용

214

5　자기 나라 전쟁도 아닌데, 남의 나라 전쟁에 군대를 보낸다는 것은 보통 일은 아닙니다. 현대의 전쟁도 그렇지만, 과거의 전쟁에서도 아무런 이득이 없는데, 남의 나라 전쟁에 참여하는 경우는 없습니다. 임진왜란 당시 명나라는 조선에 군사를 보냅니다. 명나라가 이처럼 군사를 보내 조선을 도운 이유는 무엇일까요? 본문에서 그 근거를 찾아 정리해 봅시다. 그리고 만약 명나라가 군대를 보내지 않았다면 과연 임진왜란은 그 결과가 어떻게 되었을까요? 이것도 본문 내용을 참고하여 정리해 봅시다.

1) 명나라가 군대를 보낸 이유

2) 명나라가 군대를 보내지 않았다면 임진왜란의 결과는 어떻게 바뀌었을까요?

6　고대 중국의 군사 전문가는 "싸우지 않고 이기는 것이 최선이다."라는 말을 했습니다. 전쟁이 일어나면 이기고 지는 것을 떠나 그 피해가 엄청나기 때문에 최선의 방법은 싸우지 않고 이기는 것, 바꿔 말하면 상대가 쳐들어오지 못하게 하는 것, 그만큼 준비를 철저히 해 놓아야 한다는 것이지요. 만약 여러분이 임진왜란 전에 조선에 살던 장수이거나 조정의 신하라면 일본과의 전쟁에서 싸우지 않고 이기기 위해 어떤 준비를 했을까요? 전쟁이 아닌 평화를 이루기 위해 어떤 일을 해야 했을까요?

'이야기 속 이야기'의 내용을 더 알고 싶다면?

『난세의 혁신 리더 유성룡』, 이덕일, 역사의아침, 2012
『이순신, 신은 이미 준비를 마치었나이다』, 김종대, 시루, 2014
『조선과 일본의 7년 전쟁』, 이이화, 한길사, 2000
『징비록 1~3』, 유성룡 글, 김기택 옮김, 이부록 그림, 알마, 2013
『16세기, 성리학 유토피아』, 한명기 외, 민음사, 2014

사진 자료 출처

임진왜란과 『징비록』

『조선징비록』, 유성룡 글씨, 초본『징비록』

    – 박물관포털 e뮤지엄(www.emuseum.go.kr)

병산서원

    – 병산서원(www.byeongsan.net)

이순신의 관직 생활

이순신 무과 급제 통지서, 「북관유적도첩 수책거적도」, 『이충무공전서』

    – 박물관포털 e뮤지엄(www.emuseum.go.kr)

한·중·일이 바라본 임진왜란

「평양성탈환도」

    – 박물관포털 e뮤지엄(www.emuseum.go.kr)